Hans Pfeiffer

Gift-küche

Hans Pfeiffer

Gift-küche

Rezepte für Kriminalgerichte

Militzke

Die Deutsche Bibliothek – CIP-Einheitsaufnahme
Pfeiffer, Hans:
Giftküche : Kochrezepte für Kriminalgerichte / Hans Pfeiffer.
Leipzig : Militzke, 1999
ISBN 3-86189-160-3

1. Auflage

Veränderte Neuauflage nach:
Fünf-Uhr-Tee in: Die Schüsse am Hochmoor, Rudolstadt 1961
Kochrezepte für Kriminalgerichte, Berlin 1989

Lektorat: Monika Werner
Umschlaggestaltung: Dietmar Senf
Satz und Gestaltung: Ralf Thielicke
Druck und Bindung: Steidl, Göttingen

Inhalt

Kapitel Eins

Fünf-Uhr-Tee 7

Kapitel Zwei

Kochrezepte für Kriminalgerichte oder wie man einen Kriminalroman schreibt 89

Die Qualifizierung zum Kriminalkoch 90
Wozu der Kriminalkoch vonnöten ist 91
Aperitifs 92
Vorspeisen 94
Suppen 98
Hauptgerichte 104
Beilagen 128
Nachspeisen 134
Diverses 144
Der Ofen ist aus 154
Verzeichnis der Gerichte 156

KAPITEL EINS

FÜNF-UHR-TEE

Dies ist eine Parodie auf vier berühmte Privatdetektive des modernen Detektivromans und ein Versuch, den jeweiligen Typus in seiner notwendigen Ablösung zu zeigen. Die kursiv gesetzten Zeilen sind wörtlich aus Erzählungen von Poe, Doyle, Spillane, Borge und einer Vorlesung von Freud entnommen.

Ich, Thomas L. Syrington, bin heute 47 Jahre alt.

Das ist, dank des Fortschritts der medizinischen Wissenschaft, noch nicht das Alter, wo man daran denken müßte, seine Autobiographie zu beginnen.

Wenn ich trotzdem sozusagen schon ein Kapitel einer später noch zu schreibenden Lebensbeichte in Vorgriff nehme und über einige Ereignisse aus meinem 45. Lebensjahr berichte, so geschieht das nicht so sehr aus jenem inneren Drange nach Sichtung und Ausdeutung unserer Irrtümer und Erfolge, sondern vielmehr deshalb, um zahlreichen brieflichen Anfragen meiner Verehrer, Freunde und Leser, weshalb ich Kriminalschriftsteller geworden sei, eine öffentliche und befriedigende Antwort zu geben.

Wer meine Liebe zur Wahrheit kennt, hält mein Bekenntnis zu ihr für überflüssig. Trotzdem will ich hier noch einmal betonen, daß ich die Geschichte meiner Wandlung wahrheitsgemäß schildern, dabei nichts hinweglassen und nichts hinzufügen und nüchtern, mit der notwendigen Ehrfurcht vor dem Einbruch des Unerwarteten in unser Leben, über jenen Januarmorgen vor zwei Jahren berichten will, an dem meine Wandlung begann.

Meine Wandlung – ich ertappe mich dabei, daß ich dieses Wort schon zum zweiten Mal auf einer Seite gebrauche. Nicht unbegründet, wie ich glaube, denn bei den Begebenheiten, die ich erzählen will, handelt es sich um eine – verzeihen Sie mir, aber es ist nicht zu vermeiden, der objektive Sachverhalt zwingt mich dazu – nun eben um eine tatsächliche Wandlung.

Um das Ausmaß dieser Wandlung ganz begreiflich machen zu können, muß ich natürlich den Zustand schildern, in dem ich mich zuvor befunden hatte.

Bekanntlich war vor etwa zwei Jahren ein dreibändiges Werk von mir erschienen, die „Geschichte der Aspekte in der Kriminalliteratur". Das leider nicht die Aufmerksamkeit hervorrief, das es eigentlich verdiente. So wenigstens glaubte ich damals. Bevor ich aber auf die Wirkung dieses Buches zu sprechen komme, möchte ich dem damit nicht vertrauten Leser einen Überblick über seine Probleme geben – natürlich mit dem nötigen selbstkritischen Abstand, den man sich gegenüber seinen Jugendsünden und kindischen Hoffnungen erkämpft hat.

In diesem Buch hatte ich es unternommen, die Entwicklung der Kriminalliteratur von ihren Anfängen bis zur Gegenwart zu verfolgen. Ein mehr als zehnjähriges Studium der einschlägigen Literatur war der Niederschrift des Werkes vorausgegangen. Die Literatur aller Zeiten und Völker bot sich mir unter einem einzigartigen und eigenartigen Aspekt dar: unter dem ihrer Blutsenkungsgeschwindigkeit (sozusagen und bildlich gesprochen). Wo ich Blut witterte, packte ich zu, und wo ich den Schritt der Gewalt vernahm, war ich dabei. So breitete sich vor meinem immerwährenden Forschen bald das Bild der Kriminalliteratur aus, ein Breitwandgemälde, dessen eine Seite sich in den Mythologien und Märchen verlor und dessen andere Seite von den Kriminalschriftstellern unserer Tage emsig weitergemalt wird.

Der erste Band meines Werkes war jenen unterirdischen Blut- und Greueltaten gewidmet, die sich in der Schöpfungsgeschichte der Griechen ebenso finden wie in einem Drama

Shakespeares oder einem Roman von Balzac. Ich stellte Beziehungen zwischen dem Märchen vom singenden Knöchlein und den Händen der Lady Macbeth her und bewies, daß die große Literatur ihre Spannung nicht zuletzt vom Verbrechen bezieht.

Im zweiten Band meiner Geschichte der Kriminalliteratur behandelte ich die Herausbildung der reinen Verbrechergeschichte, wie sie in der Mitte des 18. Jahrhunderts bei den Geschichten des Gayot de Pitaval entsteht und sich bei bedeutenden Schriftstellern des 19. Jahrhunderts fortsetzt. Hier ist das Verbrechen nicht mehr eingekleidet in den großen Zusammenhang des gesellschaftlich-sozialen Lebens, sondern wird zum eigentlichen Zweck der literarischen Gestaltung. Der Dichter allerdings schildert den Verbrecher nicht um der Sensation des Absonderlichen willen, sondern um seine Tat zu erklären und aus dem Zwang der Lebensverhältnisse abzuleiten. Nicht so sehr der Verbrecher erscheint hier als der Schuldige und Strafwürdige, sondern seine Umwelt, die Gesellschaft, die ihn zu diesem letzten unfruchtbaren, rohen Ausweg trieb. So entstanden alle die Christian Wolfs, Hradscheks und Woyzecks, die Raskolnikoffs und Fettes, das Doppelwesen Dr. Jekyll und Mr. Hyde, die Produkte einer zweifelhaft gewordenen Gesellschaft.

Im dritten Band meiner Geschichte der Kriminalliteratur untersuchte ich die Entstehung einer ganz neuen Richtung, die sich um die Mitte des 19. Jahrhunderts bemerkbar zu machen begann: die Detektivgeschichte. Der romantische Dichter Edgar Allan Poe hatte sie begründet und damit der Kriminalliteratur einen anderen Weg gezeigt. Nun interessierte nicht mehr, aus welchen gesellschaftlichen Ursachen und sozialen Konflikten ein Verbrechen begangen wurde, sondern einzig und allein, wie es verübt und wie es enthüllt wurde. Die Detektivgeschichte wurde zu einer Art Rätsel. Der Schriftsteller stellte an den Leser eine Frage und gab ihm die

Spuren und Tatumstände bekannt, die er kennen mußte, um das Rätsel zu lösen, den Verdächtigen auszusondern und schließlich zu stellen. Edgar Allan Poes Detektiv – der erste der Literatur –, ein Privatdetektiv namens Dupin, war ein absonderlicher Schwärmer, der die Nacht und die Logik gleichermaßen liebte.

Tagsüber verhängte er die Fenster, um im geheimnisvollen Dämmerlicht, am Kamin sitzend, seinen phantastischen Träumereien nachzugehen. Wie das Dunkel der Nacht, so zog ihn auch das Dunkle im menschlichen Leben an, die Schattenseite des Dämonischen und Triebhaften, das er mit Hilfe eines mathematisch geschulten, logischen Denkens durchleuchten zu können glaubte.

Ich hatte in meinem Buch das Verdienst E. A. Poes genügend gewürdigt, ihn als den originellen Begründer einer völlig neuen Literaturgattung gerühmt, um mich dann berechtigt zu glauben, kritisch mit ihm ins Gericht zu gehen. Ich verurteilte scharf Poes inhumane Auffassung von den Wurzeln der Verbrechen. Poe behauptete nämlich, das Verbrechen sei nicht erklärbar, es entspringe einem angeborenen und dem Menschen urewig mitgegebenen Trieb zum Bösen. Eine solche Ansicht erschien mir denn doch zu mittelalterlich, bedrückend und hoffnungslos, um sie unwidersprochen hinzunehmen.

Auch kritisierte ich, daß sich Poe sehr eingehend damit beschäftigte, wie ein Verbrechen vorbereitet und wie es ausgeführt, auch wie es schließlich entdeckt wurde, ohne daß er jedoch mit einem einzigen Satz seine Notwendigkeit aus den äußeren und inneren Umständen, die einen Menschen zum Verbrechen trieben, erklärt hätte. Ich sah in diesem Verfahren Poes eine soziale und moralische Gleichgültigkeit, die von der spannenden Handlung seiner Geschichten immer wieder verdeckt wurde, dem Kundigen aber um so peinlicher, ja fast schon barbarisch entgegensprang. So kam ich schließlich zur Überzeugung, daß der nachtschwärmerische Ästhet Dupin mit seinem kühn-kühlen logischen Verstande doch immer bedenklicher unsere gesellschaftlich-reale Welt verließ und sich in der verderblichen Nähe einer nackten Triebwelt, in einem dämonischen Reich ewiger Bosheit anzusiedeln begann, wo alle menschlichen Handlungen sich in einem Spiel mathematischer Gleichungen auflösten.

Ohne den Nachfolgern Poes allzuviel Zeit zu widmen, verweilte ich dann um so eingehender bei dem großen Erben Poes, bei dem Sohn meines Volkes, dem schottischen Conan Doyle, der die einzigartige Gestalt des Sherlock Holmes geschaffen hat. Man wird meinen kritischen Geist nicht der Blasphemie zeihen, wenn ich erkläre, daß in der Erschaffung des Sherlock Holmes ebenso viel schöpferische Kraft, so viel Blick für die Realität eines Typus steckt wie in der des Odysseus, des Hamlet oder des Mackie Messer. Sherlock Holmes ist so unsterblich wie jene. Über ihm liegt der Zauber der Jugend, das heißt der Jugend jener Wissenschaft, die er als erster Detektiv der Literatur anwandte und der er seine Erfolge verdankte. Er selbst sagte, daß er weder ein Hellseher noch ein Genie sei, sondern ein Mensch, der gut zu beobachten und logisch zu denken verstehe. Das sind Tugenden, die jeden Wissenschaftler, überhaupt jeden erfinderischen Menschen, ob er ein Professor oder ein Arbeiter ist, auszeichnen. Sherlock Holmes ganzes Geheimnis war, aus den Spuren richtige Schlüsse zu ziehen – das, was die wissenschaftliche Kriminalistik auch heute noch tut. Man möchte Sherlock Holmes den Materialisten unter den Privatdetektiven nennen. Er verläßt sich nicht auf eine überirdische Eingebung, sondern auf die Sprache materieller Spuren, der notwendigen und unzerstörbaren Begleitumstände jeder unserer Handlungen, also auch der verbrecherischen. So kommt es Sherlock Holmes nur darauf an, den Zusammenhang von Ursache und Wirkung zu finden, der aus materiellen Spuren sichtbar wird.

Aber auch bei diesem erfolgreichen Detektiv entdeckte ich, je näher ich ihn kennenlernte, je mehr ich seine Gedanken und Worte durchdachte, Züge, die seine Verwandtschaft mit Poes Dupin immer deutlicher zutage treten ließen. Sherlock Holmes selbst nannte sein Leben eine einzige Anstrengung, dem alltäglichen Dasein zu entrinnen. Also auch hier eine Enttäuschung: Wo ich gehofft hatte, der Held würde mich mitten hinein in die Berge und Täler des wirklichen Lebens führen, mir die Menschen, ihre Kämpfe, Niederlagen und Siege vertrauter machen, fand ich die wirklichen Menschen nicht, sondern nur Schatten, Schachfiguren in einem kühl konstruierten Spiel, vertrocknete Mumien, deren menschlich-gesellschaftliches Sein zusammengeschrumpft ist bis auf die eine einzige Eigenschaft: welchen Stellenwert sie in der Mathematik des Verbrechens und seiner Enthüllung einnehmen. So wurden die Abenteuer des Sherlock Holmes kein Gewinn für unsere Weltkenntnis, sondern nur ein flüchtiger Genuß für einen sich gern im Absonderlichen und kühn Erdachten verlierenden Verstand. Die Nachfahren des Sherlock Holmes, die Agatha Christie und van Dine, die Lex Romer und Carter Dickson, die Edgar Wallace und Dorothy Sayers verließen diese Linie nicht, sondern setzten sie nur mit mehr oder weniger Geschmack in der Variation des Begrenzten fort.

Einen neuen Detektivtypus entdeckte ich in der Gestalt des Kai Bugge, die der norwegische Kriminalschriftsteller Bernhard Borge erdacht hat. Dieser Detektiv ist ein moderner Detektiv. Er ist so modern, daß er die technischen Hilfsmittel der Wissenschaft gar nicht mehr braucht. Wo andere Detektive, sagt er, mit einem Fotoapparat herumrasen, um am liebsten eine Nahaufnahme vom Mörder persönlich zu erhalten, beschafft er sich ein Bildmaterial von noch weit größerem Wert: Er folgt einer Aufnahme der Seele des Mörders.

Bugge ist der psychoanalytisch geschulte Detektiv. Seine Atmosphäre sind magische Waldseen, unsichtbare Widergänger, die schreien und Fußspuren hinterlassen, der Bereich eines entwichenen geisteskranken Doppelmörders, symbolische Halluzinationen, psychopathische Grausamkeit, Dunkelangst und telepathische Träume. Nachdem ich einige Bücher über die psychologische Gelehrsamkeit dieses Detektivs gelesen hatte, entdeckte ich, daß wir alle – ich will billigerweise meine Frau und meine Tochter nicht ausnehmen – eigentlich allesamt Geistesgestörte, mit untilgbaren Komplexen beladene, in der Finsternis kindlicher Lust herumtaumelnde, in die Grausamkeit der Zerstörung untertauchende Verbrecher sind, was mich wiederum nicht sonderlich berührte, da dies auch alle anderen Menschen betrifft. Jedenfalls verfolgte ich die psycho-logischen Konstruktionen des Bugge mit demselben Staunen, wie ich die logischen Konstruktionen des Sherlock Holmes beobachtet hatte, und nachdem die Bewunderung solcher Kühnheit einer mehr nüchternen Sachlichkeit Platz gemacht hatte, schien es mir, als atmete ich Sargluft. Es war der Dunst aus den Grüften der Poeschen Phantasien. So wie in Sherlock Holmes lebte Poe auch in Bugge fort: in seiner Anbetung des Unterschwelligen, des gärenden Triebs, des Dämonischen, und es erschien mir durchaus nicht als Zufall, daß der Titel eines Kriminalromans von Borge NACHTMENSCH hieß – bezeichnend für das Hinabgleiten in das Dunkel des Absurden. Fast könnte man meinen, Borges verbrecherischer NACHTMENSCH habe Namen und Gesicht des Nachtmenschen Dupin entliehen, so die Partner des Spiels miteinander vertauschend und zu einem verwischend.

Nachdem ich versucht hatte, den Triumph des Irrationalen in der zeitgenössischen Kriminalliteratur festzustellen, gelangte ich endlich zu jenem Detektiv, der als der erfolgreichste und populärste der Gegenwart gelten kann: zu Mike

Hammer. Vorbei die Zeiten Dupins, des analytischen Träumers, vorbei auch der logische Rationalismus des Sherlock Holmes, vorbei selbst die Seelenanatomie Bugges, alles vorbei, wenn Mike Hammer erscheint, zwei Pistolen in jeder Hand, eine MP auf dem Bauch, um Rache zu nehmen an einer durch und durch verderbten Welt. Mickey Spillanes Privatdetektiv Mike Hammer braucht weder Logik mehr noch Wissenschaft, er braucht nur noch Muskelkraft und Brutalität, um die Verbrecher zur Strecke zu bringen. Er schlägt sie nieder, daß ihr Mund einen letzten Schrei verröchelt, verstümmelt sie, zertritt sie, wird selbst zum Verbrecher, ein anarchistischer Terrorist, der den Sadismus und die sexuelle Perversion zur Religion erhoben hat.

Meiner Verantwortung gemäß hielt ich mit dieser Art von Kriminalliteratur strenges Gericht. Ich deckte nicht allein ihre sachlichen Ungereimtheiten auf, klagte nicht allein das Schwelgen in blutigen Begebenheiten und das Ausmalen erotischer Abenteuer an, bewies nicht nur den Verfall der Sprache in einen unsagbar gemeinen Gossenjargon, sondern suchte auch die verderbliche Wirksamkeit solcher Romane zu zeigen, die an der Verwilderung und Verrohung der Jugend nicht geringen Anteil hatten.

Solcherart hatte der dritte Band meiner Geschichte der Kriminalliteratur unmittelbar in die Interessen mächtiger Gruppen eingegriffen: Ich hatte nicht nur die Anhänger eines verdorbenen Geschmacks, die Horden und Gangs einer schundromansüchtigen Jugend, sondern ebenso zahlreiche Intellektuelle, die die Detektivgeschichte gerade wegen ihrer gesellschaftlichen Neutralität und unverbindlichen Spannung liebten, herausgefordert. Ich hatte schließlich aber und am meisten auf den Plan gerufen die Großverdiener am Blut und Grauen, die Techniker der Dämonie, die Konstrukteure des Entsetzens: nämlich die Kriminalschriftsteller, und dazu die erfolgreichsten, deren manche mit ihren

Werken die Auflage von zehn Millionen längst überschritten hatten – und dazu schließlich ihre Komplizen, die Verleger, die zum Glück nicht mit Düsenbombern handelten und bei veränderter internationaler Lage Kursstürze zu befürchten hatten, sondern die einfach, unauffällig und ganz friedlich Heftchen vertrieben, die nur wenige Cents kosteten und dennoch oder gerade deswegen – nun, ich bin kein Geschäftsmann, um Weiteres und Näheres über derlei Praktiken aussagen zu können.

Das, freundlicher Leser, war die Situation, in der ich mich vor zwei Jahren befand. Meine Geschichte der Kriminalliteratur hatte wenig Absatz gefunden, denn niemand läßt sich gern kritisch zerlegen, woran sein Herz mit ganzer Liebe hängt. Die Exemplare aber, die doch verkauft worden waren, hatten mir viele Feinde eingebracht, und es verging nur kurze Zeit, bis ich diese Feindschaft zum ersten Mal zu spüren bekam.

Es war ein Januartag, ich saß in meinem Arbeitszimmer und schrieb am Entwurf einer Abhandlung über keltische Vornamen, unterbrach aber immer wieder meine Gedankenreihe, um trüben Vorstellungen nachzuhängen.

Heute war der 22. Geburtstag meiner Tochter Cymbeline. Mit welchen Hoffnungen hatte ich damals ihren Eintritt in dieses Leben begleitet! Cymbeline Evelyn Gwendolyn Syrington war ein kluges, fröhliches Mädchen, das die Gabe einer herzlichen Ironie von Natur aus mitbekommen zu haben schien. Leider konnte ich ihr nicht die Ausbildung geben, die ich ihr zugedacht hatte. Meine zehnjährige Forschung über die Geschichte der Kriminalliteratur hatte mir jede andere Arbeit fast unmöglich gemacht. Wir lebten ärmlich und zurückgezogen, und mein Selbstbewußtsein hielt sich nur noch mühsam durch den Glauben an künftigen Ruhm aufrecht.

Nun, Cymbelines Geburtstag schien allerdings nicht ganz so traurig zu werden, wie ich es anfangs fürchten mußte. Vor drei Tagen hatte ich sie nämlich nach ihren Geburtstagswünschen gefragt.

„Ach, Tom", hatte sie geantwortet, „der Vorschuß für den dritten Band ist doch bald wieder verbraucht!" (Woher wußte sie das schon wieder? Bestimmt von Ellen. Die beiden halten doch immer zusammen gegen mich! Blamabel, blamabel!)

„Aber ich mach dir doch gern eine Freude, Cymbeline!"

Sie schien zu überlegen. „Nun gut, Tom, wenn es dir durchaus Freude macht – dann bitte ich dich, zu meinem Geburtstag einen Fünf-Uhr-Tee zu arrangieren."

„Einen Fünf-Uhr-Tee?" fragte ich. „Ist das ein Witz?"

„Aber warum soll denn das ein Witz sein?"

„Das ist doch kein Geschenk!"

„Für mich ist es aber ein Geschenk! Immer ist es so still bei uns daheim, so feierlich armselig –"

„Cymbeline! Du weißt genau, mein Lebenswerk – –"

„Schon gut, Vater, natürlich, ich hab dir doch auch noch nie einen Vorwurf gemacht. Aber ich möchte, wenn ich aus dem Büro heimkomme, auch mal ein wenig Fröhlichkeit zu Hause, mal etwas Betrieb, verstehst du?"

„Etwas Betrieb", wiederholte ich. Ich hatte den Vorwurf wohl verstanden. Ich fühlte mich sogar ein wenig schuld an Cymbelines Einsamkeit. Und nun wünscht sie sich nichts weiter als eine kleine traditionelle Geselligkeit. Wie bescheiden sie ist, wie rührend bescheiden!

„Gut", sagte ich, „du sollst ihn haben, deinen Fünf-Uhr-Tee. Ich werde gleich heute noch einen Artikel für die ‚Weekend News' schreiben, die zahlen sofort das Zeilenhonorar, und davon statte ich dir deinen Teenachmittag aus. Wen willst du denn überhaupt einladen?"

„Wen? Ja, ich weiß noch nicht. Ich muß mir das noch überlegen. Vielleicht meinen Freund."

„Deinen Freund? Das ist ja heiter! So ganz nebenbei erfahre ich, daß du einen Freund hast!"

„Ich mußte es dir doch irgendwie beibringen, Tom“, sagte sie lächelnd. „Und das ging eben am besten über den Umweg des Fünf-Uhr-Tees.“

„Deine Hinterlist ist grenzenlos!“ sagte ich. „Raffiniert bist du – du hättest fast Kriminalschriftsteller werden können!“

„Danke!“ sagte sie. „Dann hättest du mich bestimmt verstoßen und enterbt.“

„Das bist du sowieso – enterbt. Ich hab’ nichts zu vererben als meine Schreibmaschine. Aber verstoßen hätte ich dich, erbarmungslos!“

Sie nickte.

„Wer ist es denn?“ fragte ich.

„Interessiert es dich?“

„Na aber, Cymbeline!“ rief ich.

„Ich weiß, Tom, es ist schwer, sich damit abzufinden.“

„Theoretisch habe ich bereits vor fünf Jahren beschlossen, mich damit abzufinden, wenn es einmal so weit sein würde.“ Und wohlgefällig fügte ich hinzu: „Ist überhaupt ein Wunder, daß es so lange gedauert hat. Wie du aussiehst, Cymbeline, mit deinem Charme, deinem Geist, deinen – –“

„Ja, ja“, erwiderte sie, „das sagt Micky auch.“

Es machte mich nervös, ich gestehe es, daß Micky dasselbe gesagt haben sollte. Aber ich durfte mir nichts anmerken lassen. So fragte ich ganz ruhig: „Wer ist denn nun Micky eigentlich?“

„Er ist sehr groß, sehr stark, sehr – –“

Ich winkte ab: „Du siehst ihn mit verliebten Augen. Wahrscheinlich ein kleiner dünner Hecht mit solch einem schmalen Schnurrbärtchen. Sei still, es hat keinen Zweck, ihn anzupreisen. Ich will ihn sehen. Und dann – nun, dann wirst du wieder von mir hören.“

Mit diesem Entschluß hatte ich das unerquickliche Gespräch beendet und Cymbeline damit gleichzeitig die Zusage gegeben, Micky zum Fünf-Uhr-Tee einzuladen. „Falls

Mama damit einverstanden ist", fügte ich vorsichtshalber hinzu.

„Oh, sie hat bereits eingewilligt."

Am nächsten Tag – also zwei Tage vor dem Fünf-Uhr-Tee – ereigneten sich nur zwei geschäftliche Dinge. Erstens lieferte ich meinen Artikel für die „Weekend News" ab, kaufte für das Honorar ein, was wir für die kleine Feier brauchten, und lernte zweitens bei der Heimkehr unsern neuen Untermieter, Mr. Dupin, kennen.

Meine Frau hatte nämlich mit meinem Einverständnis eine Annonce aufgegeben, daß in unserm Häuschen ein möbliertes Zimmer zu vermieten sei. Dieses Zimmer stand seit sechs Jahren leer, als wir gezwungen gewesen waren, unser Dienstmädchen zu entlassen. Nun wollten wir es wieder vermieten, um einige zusätzliche Einnahmen zu haben. Den Flügel, den wir in diesem Zimmer während der letzten Jahre abgestellt hatten, wollten wir nur herausnehmen, wenn der Mieter es ausdrücklich wünschte. „Ein Flügel in einem möblierten Zimmer", sagte meine Frau, „erhöht dessen Wert."

Vorgestern also meldete sich ein Mr. Dupin, der das Zimmer besichtigen wollte. Ich beschnüffelte ihn etwas, denn schließlich will man ja wissen, wen man in seine Wohnung bekommt, zumal ich als Schriftsteller ein gewisses harmonisches Fluidum in meiner Nähe schwerlich entbehren kann.

Mr. Dupin war, wie sich herausstellte, Privatgelehrter mit einem bescheidenen Einkommen, Mathematiker und – wie er fröhlich bemerkte – leidenschaftlicher Musiker. Aber als er den Flügel öffnete und einige Takte anschlug, verzog er schmerzlich das Gesicht.

„Entschuldigen Sie", sagte ich, „Cymbeline hatte früher Klavierunterricht erhalten. Aber dann – – mußten wir leider abbrechen."

„Natürlich“, beschwichtigte er mich, „ich verstehe Sie. Nur Sie werden auch mich verstehen. Ich möchte gern auf dem Flügel spielen. Er müßte gestimmt werden.“

Schließlich einigten wir uns darauf, die Kosten des Stimmens gemeinsam zu tragen. So zog Mr. Dupin gestern ein.

Heute früh, am Tage von Cymbelines Geburtstag, erschien schon der Meister, der das Klavier stimmen sollte. Mr. Dupin hatte sich selbst um ihn bemüht.

Seit Stunden fallen – die Zimmerdecke ist sehr dünn – die einzelnen Töne und Akkorde wie kalte Tropfen in mein Ohr, und ich kann mir vorstellen, daß auch Mr. Dupins musikalischer Sinn unangenehm davon berührt wird. Er flüchtete in mein Arbeitszimmer, und wir waren gerade in ein Gespräch über die Beziehungen zwischen Mathematik und Musik geraten, als Cymbeline hereinkam.

Sie sah entzückend aus, und ich merkte, daß auch der alternde Privatgelehrte sie verstohlen musterte.

„Lieber Tom“, sagte Cymbeline, „bevor Micky eintrifft, würde ich gern ein Stück spazierengehn. Du weißt doch, unsere traditionellen Stundenwanderungen – –“

Ich war gerührt, daß sie so an mich dachte, obwohl doch ihre Gedanken sicherlich schon längst bei Micky waren. Ich entschuldigte mich bei Dupin, bat ihn, doch ja in meinem Zimmer zu bleiben, worauf ihn Cymbeline einlud, am Fünf-Uhr-Tee teilzunehmen. Mr. Dupin sagte freudig zu, wir aber zogen uns die Mäntel über und gingen hinaus, über die verschneiten Waldwege, die gleich hinter unserm Häuschen begannen. „Das ist lieb von dir, Cymbeline“, sagte ich anerkennend. Sie lächelte, und schweigend schritten wir weiter.

„Bist du mit dem dritten Band bald fertig?“ fragte sie nach einer Weile.

„Aber wir wollen doch heut nicht über wissenschaftliche Probleme sprechen“, sagte ich vergnügt. „Heute mache ich einen halben Tag Ferien.“

Sie blickte mich prüfend an: „Nötig wär's, Tom. Du siehst müde aus."

„Ausgemergelt!" rief ich fröhlich. „Micky wird denken: Solch ein Strolch. Wie kommt der nur zu so einer hübschen Tochter!"

Cymbeline klopfte mir lachend auf den Arm: „Du kennst ihn wohl schon, den Micky?"

„Wieso?"

„Genau so würde er sprechen. Er ist so unkompliziert, weißt du, so geradezu."

Ich war empört: „Er wäre also fähig, mich einen Strolch zu nennen? Ich muß schon sagen – da hast du dir ja einen feinen Herrn aufge-"

Ich unterdrückte rasch ein geringschätziges Wort. „Wo hast du ihn denn eigentlich kennengelernt?"

Sie schien meine Frage gar nicht gehört zu haben.

„Nun?" fragte ich mißtrauisch.

„Im Pater-Brown-Klub, Tom."

„Wo?"

„In unserm Pater-Brown-Klub", wiederholte sie.

Ich war fassungslos. Pater-Brown-Klub? „Du meinst doch nicht etwa – Pater Brown?"

„Doch. Denselben Pater Brown, *mit einem hellblonden Schnurrbart und einem weichen schwarzen Hut, wie ihn Geistliche zu tragen pflegen.*"

„Du kennst Pater Brown?"

„Aber Tom", sagte sie unschuldig, „Chestertons Detektivgeschichten, deren Held Pater Brown ist, stehen doch alle in deinem Regal!"

„Und du – hast sie – – gelesen?"

„Natürlich. Du doch auch!"

„Aber aus wissenschaftlichen Gründen!" rief ich. „Nur aus wissenschaftlichen Gründen!"

„Und ich aus Spaß!" sagte Cymbeline.

„Aber – –", stammelte ich, „das ist doch – – kein Spaß!"

„Doch, Tom. Mir machen solche Geschichten Spaß."

Ich liebe keine großen Worte. Aber man wird mir glauben, daß in diesem Augenblick eine Welt in mir zusammenstürzte. Da stand ich nun, zehn Jahre meines Lebens hatte ich mit der kritischen Analyse der Kriminalliteratur zugebracht, hatte sie als Verfall der Epik bezeichnet, und die eigene Tochter – – die eigene Tochter liest indessen Kriminalromane, weil es ihr Spaß macht! Spaß!

Ich wußte nicht, was ich ihr antworten, wie ich sie von der Verwerflichkeit ihres Tuns überzeugen sollte.

Wie nur, wie?

Das ist ja die Tragik der Wissenschaft: Um jemanden wissenschaftlich zu überzeugen, braucht man Gründe, wissenschaftliche Gründe, wissenschaftliche Beweise, Logik, braucht man Zeit, um seine Thesen zu entwickeln, zu untermauern. Aber hier, auf einem Spaziergang – ich kann doch nicht meine umfassende Theorie in einer Viertelstunde darstellen und – nein, nein, das war ganz unmöglich – ihr das Wesen der konstruktivistischen Kriminalgeschichte erklären. Gleichzeitig überfiel mich ein anderer Gedanke: Cymbeline las nicht nur die Geschichten über den Detektiv Pater Brown, sie gehörte sogar einem Detektivklub an!

„Was ist das für ein Klub?" fragte ich müde.

„Der Pater-Brown-Klub! Nun, ein Klub eben. Für Leute, die gerne Detektivromane lesen. Wir treffen uns im Klub und diskutieren über die neuesten Romane. Auch über die alten von früher. Das ist sehr interessant. Micky ist auch in diesem Klub. Dort hab' ich ihn kennengelernt. Ja, und dann –"

Dann brach sie ab, als hätte sie schon zu viel verraten. Mühsam tastete ich mich zum logischen Ausgang aus diesem Labyrinth vor: „Micky? Gut, Micky. Aber du! Du! Du liebst doch nicht etwa – –"

„Doch, ich liebe ihn."

Mit einer Handbewegung zerschnitt ich ihre Antwort. „Du liebst doch nicht etwa diese – diese – – Romane?“ Eine törichte und unsinnige Hoffnung trieb mich, die Hoffnung auf ein Nein.

„Ich bin Kandidat des Klubs“, antwortete sie.

„Na und?“

„Nur Freunde der Kriminalliteratur können Klubmitglieder werden.“

Es war geschehen. Ich wunderte mich, wie ruhig ich es aufnahm.

Hastig fuhr Cymbeline fort: „Du hast doch diese Romane alle in deinen Regalen. Dort hab' ich sie gefunden. Agatha Christies ‚Zehn kleine Negerlein‘ und van Dines ‚Hände weg von Doktor Bliss!‘ und Wiltons ‚Teppich des Grauens‘ und Wallaces ‚Geheimnis der Stecknadel‘. Und Sayers' ‚Geheimnisvolles Gift‘ und – –“

„Hör auf!“ schrie ich, „schweig, sonst vergeß ich mich noch!“

Ich war stehengeblieben und rang die Hände. Die Baumwipfel über mir schwiegen mitleidig.

„Muß ich“, klagte ich, „muß ich denn auch noch dieses Schicksal erleben, daß mein Kind, die Erfahrung des Vaters nicht achtend, seinen eigenen Weg geht? Ach, was sag' ich, keinen eigenen, den entgegengesetzten, den des Unheils? Was ich hasse, liebst du, und was ich verachte, betest du an! Ödipus tötete seine Mutter – und was tust du? Was machst du mit deinem Vater? Du mordest ihn auch, seelisch, moralisch mordest du mich, löschst mit der Torheit deiner Begierden meine wissenschaftlichen Bemühungen aus! Tausende will ich überzeugen von der Verderblichkeit dieser Geschichten, und die eigene Tochter – das eigene Kind – – stößt mir den Dolch in den Rücken.“ Ich kämpfte mit einem Tränenstrom und einem Wutausbruch.

„Das ist ein Abgrund“, sagte ich heiser.

Und dann überkam es mich plötzlich doch. Ich kann nichts darüber aussagen, kann es nicht anders beschreiben: Es überkam mich. Eine fremde Gewalt. Ich stürzte auf Cymbeline und packte sie, an den Schultern zuerst, dann, als sie sich wehrte, am Hals, drückte zu, ließ los, sah sie wie in einem Nebel umsinken und stürzte davon …

Wer glaubt, ich sei mit dem Gefühl des Triumphes nach Hause gegangen, verkennt mich sehr. Wohl befriedigte es mich, Cymbeline, ohne Rücksicht auf ihr Alter und ihren Ehrentag, so energisch zurechtgewiesen zu haben. Aber wer die Sorgen eines liebenden Vaterherzens versteht, wird wissen, daß alle Versagung und Strenge nur der Liebe entspringt. Der Schmerz, im eigenen Kind sich selbst nicht mehr wiederbegegnen zu können und dessen eigenes und eigenwilliges Leben anerkennen zu müssen, es nicht als Vollender unserer unverwirklicht gebliebenen Träume sehen zu können, das zerreißt uns durch und durch, ist das unbegreifliche und zugleich unwiderrufliche Zeichen unseres Scheiterns. So kam ich, von wilden und zerstörerischen Gefühlen ergriffen, nach Hause. Meine Frau fragte, wo denn Cymbeline sei, unterließ aber bald weitere Nachfragen, als sie meinen Zustand bemerkte.

Der Klavierstimmer oben war noch immer an der Arbeit. Er schlug die Tonleiter an, durch alle Oktaven hindurch. Das beruhigte mich anfangs. Aber bald steigerte sich meine Gereiztheit. Meeresrauschen, Wind und Sirenengeheul wechselten sich ab, und am liebsten wäre ich hochgegangen, um ihn zum Schweigen zu bringen.

„Warum bist du denn so nervös?“ fragte Ellen.

Ich zuckte die Schultern.

„Wann kommt denn Cymbeline?“

„Sie kommt schon noch. Warum?“

„Weil Micky inzwischen eingetroffen ist.“

„So?“ fragte ich gleichgültig.

„Er ist oben in Cymbelines Zimmer.“

„In ihrem Zimmer? Was sind denn das für neue Moden? Kann er nicht hier unten warten, bis sie zurückkommt?“

„Er wollte gern ihr Zimmer sehen.“

Sie wartete meine Reaktion ab. Aber ich schwieg.

„Er sieht gut aus“, begann sie von neuem.

Ich steckte die Hände in die Hosentaschen und trat zum Fenster. Es wurde schon dämmerig draußen. Ellen versuchte, mir Micky schmackhaft zu machen: „Interessant sieht er aus. Mindestens zehn Jahre älter als Cymbeline. Ein Gesicht wie aus Holz. Verwüstet. Aber es ist die Wüste nach dem Sturm. Bewältigte Leidenschaften, weißt du, erledigte. Er hat alles hinter sich. Was kann sich Cymbeline Besseres wünschen? Er wird ihr treu sein. Und natürlich auch bleiben – weil er es bisher nicht war. Glaub mir, ich hab' ein Gefühl dafür.“

„Sie muß wissen, was sie tut“, murmelte ich. „Ich misch' mich da nicht hinein.“

Der Klavierstimmer marterte mich. Eintönig rollten die Oktaven über mich hinweg, wie Wasser drangen sie durch die Decke, durch die Tür. Zum Teufel mit ihm! Zum Teufel mit Dupin, der ihn bestellt hatte. Ich warf mich in den Sessel und starrte vor mich hin.

In diesem Augenblick trat Dupin ein. Ein riesiger Bursche folgte ihm. Das konnte nur Micky sein. Ich muß gestehen, daß ich einen Schauder verspürte, als er auf mich zutrat. Aber ich konnte diese Empfindung gerade noch unterdrücken, so daß unsere Begrüßung einigermaßen zivilisiert ausfiel.

Nach einigen belanglosen Worten bat ich Micky und Dupin, im Salon Platz zu nehmen, da ich bis zum Beginn der Teestunde noch zu arbeiten hätte.

So saß ich noch länger als eine Stunde am Schreibtisch, ganz meinen traurigen Gedanken überlassen, dem Schmerz über eine verfehlte Erziehung.

Gegen fünf Uhr holte mich meine Frau heraus. Ich fand im Salon Dupin und Micky vor. Cymbeline war nicht dabei, ich mochte aber auch nicht fragen, ob sie denn schon zurückgekommen sei. Dupin hatte während meines Eintretens gerade seine Rede unterbrochen. Nun, nachdem ich mich gesetzt hatte, fuhr er fort, sich über, wie ich bald bemerkte, mathematische Probleme auszulassen. Er hielt, so schien es mir wenigstens, eine Art umständlicher und altertümlicher Vorlesung über die Methode der Analyse:

„*Die eigentümlichen geistigen Eigenschaften*", sagte er, „*die man analytische zu nennen pflegt, sind ihrer Natur nach der Analyse schwer zugänglich. Wir würdigen sie nur nach ihren Wirkungen. Wie der starke Mann sich seiner körperlichen Kraft freut und besonderes Vergnügen an allen Übungen findet, die seine Muskeln in Tätigkeit setzen, so erfreut sich der Analytiker jener geistigen Fähigkeit, die das Verworrene zu lösen vermag; auch die trivialen Beschäftigungen haben Reiz für ihn, sobald sie ihm nur Gelegenheit geben, sein Talent zu entfalten.*"

Meine Frau nickte bejahend, obwohl ich daran zweifelte, daß sie begriffen hatte, was der Privatgelehrte damit eigentlich sagen wollte. Ich wußte es selbst nicht. Trotzdem war etwas im Klang seiner Stimme, im Rhythmus seiner Sätze, das mich zwang zuzuhören.

„*Das Auflösungsvermögen wird möglicherweise noch bedeutend durch mathematische Studien erhöht*", fuhr er fort.

Ich mußte insgeheim lächeln. Natürlich, der Mathematiker sieht in der Mathematik den Stein der Weisen.

„*Indessen heißt rechnen noch nicht analysieren. Ein Schachspieler zum Beispiel tut das eine, ohne sich um das andere im mindesten zu kümmern. Es folgt daraus, daß man das Schachspiel in seiner Wirkung auf den Geist meistens sehr falsch beurteilt. Ich beabsichtige hier keinesfalls eine gelehrte Abhandlung, sondern – –*"

In diesem Augenblick klingelte die Hausglocke. Ich ging öffnen. Vor mir stand ein fremder Herr. *Er hatte schläfrige, intelligente Augen und einen empfindsamen und verständnisvollen Mund.*

„Bugge", stellte er sich vor, „Journalist."

Meine Laune besserte sich sofort, als er mir mitteilte, er sei wegen eines Interviews gekommen. Er verfolge seit längerer Zeit meinen Plan, eine systematische Geschichte der Kriminalliteratur zu schreiben, mit viel Interesse, und sein Verleger sei durchaus einverstanden, wenn er, Bugge, einmal einen längeren Artikel über meine Pläne schreibe.

„Mein werter Mr. Bugge", erwiderte ich mit ausgesuchter Höflichkeit, „es ist mir eine große Freude und eine besondere Ehre zu erfahren, daß sich die Öffentlichkeit für meine wissenschaftlichen Forschungen zu interessieren beginnt."

„Aber durchaus, Mr. Syrington", bestätigte er noch einmal liebenswürdig.

„Hören Sie, Verehrter", sagte ich, „meine Tochter hat heute Geburtstag. Wir feiern ihn ganz bescheiden. Wollen Sie nicht bleiben? Es wird sich bestimmt ein halbes Stündchen finden, wo wir beide uns dann in Ruhe unterhalten können."

Nachdem Mr. Bugge sein Einverständnis gegeben und ich ihn den Anwesenden vorgestellt hatte, setzte Dupin, ohne von der veränderten Situation überhaupt Kenntnis zu nehmen, seine Betrachtungen fort. Ja, ich glaube, er hatte seine Rede nicht einmal unterbrochen, als ich hinausgegangen war, um Mr. Bugge zu empfangen.

„Ich möchte diese Gelegenheit benutzen, um die Behauptung aufzustellen, daß die höheren Kräfte des denkenden Geistes durch das bescheidene Damespiel viel nutzbringender und lebhafter angeregt werden als durch die mühe- und anspruchsvollen Nichtigkeiten des Schachspiels. Bei letzterem Spiel, in dem die Figuren verschiedene wunderliche Bewegungen von ebenso entschiedenem, veränderlichem Werte ausführen können, wird etwas, was nur sehr kompliziert ist, irrtümlicherweise für etwas sehr Scharfsinniges gehalten. Beim Schachspiel wird vor allem die Aufmerksamkeit stark in Anspruch

genommen. Wenn sie auch nur einen Augenblick erlahmt, so übersieht man leicht etwas, das zu Verlust oder Niederlage führt. Da die uns zu Gebote stehenden Züge zahlreich und dabei von ungleichem Werte sind, ist es natürlich sehr leicht möglich, dieses oder jenes zu übersehen; in neun Fällen unter zehn wird der Spieler, der seine Gedanken vollkommen zu konzentrieren versteht, selbst über den geschickteren Gegner den Sieg davontragen. Im Damespiel hingegen, wo es nur eine Art von Zügen mit wenig Veränderungen gibt, ist die Wahrscheinlichkeit eines Versehens geringer, die Aufmerksamkeit wird weniger in Anspruch genommen, und die Vorteile, die ein Partner über den andern erringt, verdankt er seinem größeren Scharfsinn. Stellen wir uns eine Partie auf dem Damebrett vor, deren Steine auf vier Damen herabgeschmolzen sind und wo ein Versehen natürlich nicht zu erwarten ist. Nehmen wir an, daß die Gegner einander gewachsen sind, so ist es klar, daß der Sieg hier nur durch einen außerordentlich geschickten Zug, der das Resultat einer ungewöhnlichen Geistesanstrengung ist, entschieden werden kann. Wenn der Analytiker sich seiner gewöhnlichen Hilfsquellen beraubt sieht, denkt er sich in den Geist seines Gegners hinein, identifiziert sich mit ihm, und dann gelingt es ihm nicht selten, auf den ersten Blick eine oft verblüffend einfache Methode zu finden, durch die er den andern irreführen oder zu einem unbesonnenen Zuge veranlassen kann.“

Mr. Dupin wurde mir allmählich unsympathisch. Da sollte eine gemütliche Plauderstunde beim Tee stattfinden, Gäste waren anwesend, die er nicht einmal kannte, von denen er aber annehmen mußte, daß ich Rücksicht auf sie zu nehmen hatte – und er, der selbst nur Gast war, riß das Gespräch mit einer Selbstverständlichkeit an sich, die mich erzürnte.

„*Die Kunst des Analytikers*“, behauptete er, „*bewährt sich in solchen Dingen, die außerhalb der Grenzen aller Regeln liegen. In aller Stille macht er Beobachtungen, aus denen er seine Schlüsse zieht.*“

Ja, dachte ich erbittert, mach du nur deine Beobachtungen! Dann hättest du wahrscheinlich längst gemerkt, daß mir dein Geschwätz auf die Nerven fällt.

„Seine Mitspieler tun wahrscheinlich dasselbe“, fuhr er ungerührt fort. *„Der Unterschied des erlangten Wissens liegt weniger an der Richtigkeit des Schlusses als an dem Werte der Beobachtung. Das Wichtigste ist, sich ganz klar darüber zu sein, was man beobachten muß. Der wirklich feine Spieler hat seine Augen überall. So beobachtet er zum Beispiel den Gesichtsausdruck seines Partners und vergleicht ihn sorgfältig mit dem seiner Gegner. Er achtet darauf, wie die Mitspielenden ihre Karten ordnen; oft zählt er Trumpf auf Trumpf an den Blicken nach, mit denen ihre Besitzer sie mustern. Er merkt sich im Verlaufe des Spieles jede Veränderung ihres Gesichtsausdrucks und zieht seine Schlüsse aus jedem Wort, aus jeder Triumph, Überraschung oder Ärger verratenden Geste. Ein zufälliges, unbedachtes Wort, das gelegentliche Fallenlassen oder Umwenden einer Karte, die Ängstlichkeit, einen unbedeutenden Vorgang verbergen zu wollen, oder auch die Gleichgültigkeit dagegen, das Zählen der Stiche und die Art, sie zu ordnen, das verwirrte, zögernde, hastige oder übereifrige Wesen des Spielenden, alles muß ihm zum Erkennungszeichen dienen, das ihm den Stand der Dinge verrät. Er macht dabei den Eindruck, als erkenne er alles kraft einer Intuition.“*

Er sah uns alle der Reihe nach an, so, als wollte er sich vergewissern, ob wir seinen Ausführungen auch gefolgt seien.

Anscheinend las er die Langeweile auf unsern Gesichtern. Deshalb entschloß er sich, wie er sagte, zu einem Sprung ins Experiment.

„Sie kennen doch alle“, fragte er, „das Knobeln mit den drei Streichhölzern?“

Ich sah ihn verständnislos an.

Über Mickys Gesicht verbreitete sich ein Grinsen.

Bugge lächelte freundlich: „Aber gewiß, mein Herr“, erwiderte er in aller Höflichkeit.

„Die Sache ist die“, fuhr Dupin fort. „Jeder Spieler bekommt drei Hölzchen. Er darf unter dem Tisch so viele Hölzchen in seiner Hand verbergen, wie er will – eins, zwei oder drei.“

„Oder gar keins!“ fügte Bugge hinzu.

„Oder gar keins“, bestätigte Dupin. „Und jeder von uns hat zu raten, wieviel Hölzchen wir alle zusammen versteckt haben.“

Meine Frau erhob sich: „Ich gehe jetzt den Tee brühen.“ Sie erhielt Urlaub von uns, und Dupin, Bugge, Micky und ich gingen daran, das Spiel vorzubereiten.

Bugge opferte seine Streichhölzer und ich eine Flasche Whisky. Dupin teilte jedem drei Streichhölzer zu. Dann gab er das Zeichen zum Beginn.

Unter der Tischplatte nahm ich zwei Hölzchen in meine rechte Faust. Dann legte ich die geschlossene Hand wieder auf den Tisch.

„Beginnen Sie bitte!“ forderte Bugge Dupin auf.

„Acht“, sagte Dupin.

„Sieben“, sagte Bugge.

Micky grinste: „Die Herren bluffen wohl? Ich sage: nichts.“

„Neun!“ rief ich mutig.

Wir öffneten die Hände. Dupin hielt drei, Bugge zwei, ich auch zwei Hölzchen in der Faust. Mickys Hand war leer. Bugge hatte richtig geraten und schied aus.

„Wo ist denn Miß Syrington?“ fragte Micky plötzlich.

Ich deutete nach oben, zur Decke: „Auf ihrem Zimmer.“

„Wissen Sie das genau?“ fragte Micky. Seine Frage kam mir sonderbar vor. Aber ich zwang mich zur gelassenen Antwort: „Sie hören doch ihre Schritte.“ Micky nickte abwesend. Vielleicht überlegte er, was Cymbeline so unruhig machte, daß sie ohne Unterlaß in ihrem Zimmer auf und ab ging.

Dann erklang wieder das Klimpern des Klavierstimmers. Der Raum, in dem er arbeitete, lag im ersten Stock, gleich neben Cymbelines Zimmer, das sich über meinem Arbeitszimmer befand.

Es schien, als habe sich Cymbelines Unruhe auf Micky übertragen. Bei den nächsten Spielen war er unaufmerksam und gleichgültig.

Die zweite Runde zwischen Dupin, Micky und mir brachte folgende Ergebnisse: Dupin drei, Micky zwei, ich ein Hölzchen. Micky hatte sechs geraten und schied aus.

Cymbeline ging noch immer auf und ab. Aber der Flügel schwieg.

Ich machte mich fertig zur Endausscheidung der ersten Runde. Bugge sah erst mich, dann Dupin an. „Na", fragte er, „es sieht schlecht aus, Mr. Dupin, wie?"

Dupin lächelte dünn: „Meine Theorie hat mich noch nie verlassen." Und beiläufig fügte er hinzu: „Ich verliere nie."

Bugge lachte nervös auf: „Niemals?"

„Niemals."

„Und kann man – Ihre Theorie kennenlernen?"

„Natürlich. Aber sie wird Ihnen nichts nützen. Es gehört viel Erfahrung dazu."

Unter dem Tisch legte ich ein Hölzchen in die Hand, nahm es dann aber doch wieder heraus und brachte die leere Faust auf den Tisch.

„Zwei", sagte ich.

Bugge sah mich an, dann ging sein Blick zu Dupin. Dupin dachte nach. Dann lächelte er: „Drei."

Wir öffneten die Hände. Drei Hölzchen lagen in seiner Hand.

Oben spielte der Klavierstimmer wieder, immer die gleichen Töne. Es machte mich gereizt.

„Ich liebe die Drei", sagte Dupin, nach oben lauschend, „den Dreiklang."

„Mich interessiert nicht Ihr Dreiklang, sondern ich möchte wissen, wieso Sie – – also es war bestimmt ein Zufall!"

„Wollten Sie uns nicht Ihre Theorie entwickeln?“ fragte Bugge.

„Ich habe sie Ihnen schon entwickelt“, antwortete Dupin. „Es ist die Theorie der Identifizierung. Ich fragte mich, wie würde ich handeln, wenn ich an seiner Stelle wäre?“

„Und wie“, stieß ich nach, „haben Sie sich mit mir identifiziert?“

„Indem ich mir überlegte, wie Sie sich mit mir identifizieren!“

„Das verstehe ich nicht.“

„Eine größere Anzahl von Spielern ist schwer zu überschauen“, sagte Dupin. „Und da es bei diesem Spiel nicht darauf ankommt, als erster auszuscheiden, sondern nur darauf, nicht letzter zu sein, liebe ich es – wenn mich der Zufall nicht schon früher herausschlägt –, meine Theorie beim letzten Duell zu erproben, beim Zweikampf zwischen dem letzten Partner und mir. Dieser Zweikampf ist universeller Natur“, philosophierte er. „Jeder Kriminalfall zum Beispiel ist ein solcher Zweikampf zwischen zwei Intelligenzen, zwischen der des Verbrechers und der des Detektivs. Die überlegene wird siegen. Wer aber hat in einem solchen Duell der Intelligenzen die überlegenere?“

Er hatte die Frage an uns alle gerichtet. Bugge blickte ihn fasziniert an, als verbärgen sich tiefe Geheimnisse hinter Dupins Worten. Auch ich hörte aufmerksam zu.

Dupin gab selbst die Antwort: „Die überlegenere Intelligenz ist nicht die, die mehr weiß, die gebildeter oder spezialisierter ist. Überlegen ist die, die die andere, die des Gegners, in sich einschließt, ohne sich mit ihr zu vermischen.“

„Reichlich spekulativ“, warf Bugge ein, der sich anscheinend seine kritische Vernunft bewahrt hatte.

„Verzeihung“, sagte Dupin, „dann liegt es an meiner akademischen Darstellung. Gestatten Sie mir einen Witz: Zwei Jungen strolchen draußen umher. Über ihnen kreist ein

Reiher. ‚Ich möchte ein Reiher sein – dann könnte ich fliegen.' ‚Nein', sagt der andere, ‚ich möchte lieber zwei Reiher sein. Da könnte ich hinter mir selber herfliegen.' Der erste lachte: ‚Dann schon lieber gleich drei. Dann könnte ich mich selber hinter mir herfliegen sehn.'"

Ich lachte, etwas mühsam, muß ich sagen.

„Sehen Sie", fuhr Dupin fort, „das ist, etwas verändert allerdings, das Problem der überlegenen Intelligenz. Sie ist dreifach. Ich muß fliegen, das heißt selbst eine bewegliche Taktik besitzen. Ich muß hinter mir herfliegen: Ich muß mich mit den Augen meines Partners sehen, muß zu erkennen versuchen, wie er reagiert und wie er mich einschätzt, was er von mir erwartet. Schließlich muß ich mich hinter mir herfliegen sehn: Ich muß aus der Summe meiner und seiner bereits festgelegten Taktik das Ergebnis zu berechnen suchen. Gestatten Sie mir, das an unserm Fall zu erklären.

Ich muß mir erstens meiner eigenen Taktik bewußt sein. So habe ich in jedem Falle immer drei Hölzchen aufgelegt. Diese Taktik begründete ich so: Wenn einer unter den Spielern tatsächlich seine Partner – also auch mich – beobachten würde, müßte er feststellen: Dupin hatte soeben drei Hölzchen aufgelegt. Beim nächsten Mal wird Dupin nicht die gleiche Zahl wiederholen, sondern zwei oder ein oder gar kein Hölzchen nehmen. So jedenfalls würden es die meisten Menschen tun. Sie halten *die* Taktik für raffiniert, die variabel ist. In Wirklichkeit jedoch ist *die* Taktik stets überraschend, die sich gleich bleibt. Ich tue also das Unerwartete: Ich nehme wiederum drei Hölzchen. Nennen Sie das Bluff – es ist lediglich Spekulation mit dem sogenannten gesunden Menschenverstand, der tatsächlich gar nicht gesund, sondern sprunghaft und inkonsequent ist. Das Geheimnis jeden Erfolges aber liegt in der unveränderlichen Konsequenz. Betrachten Sie unsere großen Persönlichkeiten: Sie brachten es zu ihrer Größe, indem sie an ihren einmal gefaßten Ideen festhielten, selbst als die Wirklichkeit sich verändert hatte und diese Ideen auf den Müllhaufen der Geschichte gehörten. Jeder erwartete von ihnen Anpassung an die veränderte Situation. Sie aber behielten ihre drei Hölzchen in der Hand und rankten sich an diesen drei Hölzchen in die starre und eiskalte Isolation ihrer Unbeugsamkeit hinauf. Und sie blieben lange Zeit Sieger – sehen Sie sich die alten Männer von vorgestern an, die am liebsten noch das Morgen repräsentieren möchten. Ich habe nichts anderes getan als sie.

Sie erkennen daraus, meine Herren, wie logisch mit diesem Gedanken der zweite verbunden ist: nämlich die Intelligenz seines Partners einzuschätzen. Ist er fähig zu bluffen? Wenn er fähig dazu ist – wird er es auch tatsächlich tun? Wie wird er bluffen? Beobachtet er mich? Wie beurteilt er meine Fähigkeiten? Wie bezieht er seine Erfahrungen mit mir in seine eigenen Pläne ein? Wird er meine Taktik für variabel oder für konsequent halten? Hält er also, in einem Wort, das Gewöhnliche für das Ungewöhnliche und das Nichtalltägliche für das Simple?

Schließlich muß ich in diesem Zusammenhang auch die Ziffer, die mein Partner nannte, berücksichtigen. Nennt er die Vier, so ist es sicher, daß er Hölzchen in der Hand hat, und aus weiteren Umständen werde ich mich noch mehr der Wahrscheinlichkeit nähern, sie zu erraten. Nennt er dagegen eine sehr niedrige Ziffer, Zwei oder Eins, so kann man annehmen, daß er wahrscheinlich gar kein Hölzchen besitzt. Wenn ich das alles berechnet habe, werde ich schließlich dazu übergehen, alle diese einzelnen Antworten auf einen gemeinsamen Nenner zu bringen."

Wir schwiegen unter dem Eindruck dieses logischen Genies. Allmählich aber löste ich mich aus meiner Erstarrung: „Können Sie sich auch einmal irren?" fragte ich zaghaft.

„Es ist möglich", antwortete Dupin, „aber erlebt habe ich's noch nie."

Bugge lächelte ironisch.

„Wollen wir noch eine Runde wagen?" fragte Dupin aggressiv. Micky ließ nicht erkennen, wie er darüber dachte. Er schien mit seinen Gedanken abwesend zu sein. „Wie wär's mit noch einem Spiel?" fragte ihn Dupin.

Micky fuhr auf: „Lassen Sie mich mit Ihrem Blödsinn zufrieden!"

Dupin erblaßte.

Gerade in diesem Augenblick begann wieder das zermürbende Spiel des Klavierstimmers. Das hastige Emporklettern der Tonleiter klang wie ein höhnisches Gelächter auf Mickys Wutanfall. Aber der Riese schien sich gut in der Gewalt zu haben. Er war aufgestanden und hatte sich eine Zigarette angezündet.

„Ich werde mal sehen, wo Cymbeline steckt", sagte er und ging hinaus.

„Das ist ein guter Gedanke", erwiderte ich. „Es ist ja schon halb sechs."

Das Klavierspiel hatte wieder aufgehört. Micky und Cymbeline mußten jeden Augenblick herunterkommen.

Ellen brachte den Tee. „Wo ist denn Cymbeline?" fragte sie. „Sie hat sich die kleine Feier gewünscht – und jetzt erscheint sie nicht. Ich habe sie schon während des ganzen Nachmittags vermißt."

„Micky geht sie holen."

„Dann will ich den Tee eingießen."

Wir warteten.

Dupin spielte gedankenverloren mit seiner Tasse. Sie klirrte leise gegen den Löffel. Bugge hielt seine Streichholzschachtel noch immer in der Hand. Ich selbst saß unbeweglich auf meinem Stuhl und fühlte mich in diesem Schweigen unwohl. Kurz darauf ging die Tür auf – aber Micky war allein. Wir sahen ihm erwartungsvoll entgegen. Kaum hatte er sich gesetzt, als er krampfhaft auflachte: „Zu komisch, wirklich!"

„Kommt denn Cymbeline immer noch nicht?" fragte meine Frau.

Micky zuckte mit den Schultern. Ich ärgerte mich über diese Unhöflichkeit, war aber nicht in der Stimmung, ihm meinen Unwillen zu zeigen.

„Aber was ist denn mit ihr?" fragte Ellen unruhig.

Oben ließen sich wieder die ruhelosen Schritte vernehmen. Unwillkürlich blickten wir alle zur Decke empor. In diesem Augenblick ertönte in Cymbelines Zimmer ein dumpfer Fall. Etwas Schweres fiel zu Boden. Dann war es wieder still.

Mein Herz schlug so laut, daß ich glaubte, alle müßten es hören. Ich war erleichtert, als plötzlich wieder das Klimpern des Klaviers begann und den Schlag meines Herzens übertönte.

„Warum kommt denn Cymbeline nicht?" fragte ich Micky.

„Sie hat sich eingeschlossen", murmelte er.

„Eingeschlossen?" Ich sprang auf. „Was bedeutet denn das?"

„Merkwürdig", sagte meine Frau. „So etwas tut sie doch nie."

„Vielleicht wäre es besser, Sie gingen selbst einmal hinauf?" wandte sich Bugge an mich.

„Ich? Wieso?"

„Nun, als Vater –"

„Ach so. Natürlich. Aber wenn sie sich eingeschlossen hat – ich fürchte, dann werde auch ich – nun gut. Ich kann ja mal nachsehn."

Micky erbot sich, mich zu begleiten. Plötzlich stand auch Bugge neben uns. Wir gingen durch den Hausflur zur Treppe, die nach oben führte. Aber wir befanden uns noch auf den untersten Stufen, als Bugge stehenblieb. Er bemerkte, er fühle sich nicht ganz wohl und wolle doch inzwischen lieber etwas frische Luft schöpfen.

Er öffnete die Haustür und ging hinaus.

Als wir beide, Micky und ich, auf dem Flur des ersten Stockwerks angekommen waren, sahen wir durch die offene Tür von Dupins Zimmer den Klavierstimmer bei der Arbeit. Er schlug gerade eine Taste an und entspannte dann die Saite etwas. Als er uns sah, trat er auf die Schwelle, nickte mir flüchtig zu und starrte uns nach.

Micky war inzwischen vorausgegangen. Geradeaus, gegenüber der Treppe, links von Dupins Zimmer, befand sich Cymbelines Kammer. Micky rüttelte an der Klinke, zögernd erst, dann immer heftiger.

„Noch immer verschlossen", flüsterte er mir zu.

„Cymbeline!" rief ich, „mach doch auf!"

Danach begann Micky wieder wie toll an der Klinke zu rütteln, dann, als er einen Augenblick ruhte, rief ich noch einmal nach Cymbeline. Mehrere Faustschläge Mickys an die Tür unterstrichen die Dringlichkeit meines Rufes.

Aber alles blieb still.

Nachdem Micky wieder an der Tür zu rütteln begonnen hatte, steigerte sich meine nervöse Spannung durch dieses barbarische Geräusch noch mehr. Micky hatte sich nach mir umgewandt und sah mich mit einem glasigen Blick an. „Wir werden die Tür aufbrechen müssen", sagte er.

„Warten Sie!" rief ich. „Zuerst müssen wir feststellen – –"

Ich versuchte, durchs Schlüsselloch zu blicken.

Aber der Schlüssel steckte von innen.

Von innen verschlossen!

„Also ist sie noch drin", sagte Micky langsam, und seine Stimme kam wie aus einem Grab. In diesem Augenblick war er mir sehr sympathisch.

„Soll ich aufbrechen?" fragte er.

Ich nickte mechanisch.

Der riesige Bursche ging einige Schritte zurück, stürmte dann vorwärts und prallte gegen die Tür. Aber selbst seine muskulöse Schulter war zu schwach, sie einzudrücken. Erst beim dritten Anlauf gelang es ihm, die Tür aus dem Schloß zu sprengen.

Das Zimmer war finster.

Ich drehte den Schalter an und – – keine Spur von Cymbeline! Ich sah Micky schweigend an. Dann, als mein Blick über den Teppich ging, sah ich eine Spur: Neben dem umgeworfenen Sessel befand sich eine blutrote Lache.

Ich weiß nicht mehr, wie ich nach unten gelangt bin. Meine Frau lag besinnungslos auf der Couch, und auch ich tastete mich nur mühsam in die Nebel der Wirklichkeit zurück. Dupins monotone Stimme drohte mich wiederum einzuschläfern, aber ich zwang mich gewaltsam, ihm zuzuhören.

„Meine Herren", sagte er gerade, „ohne Zweifel ist das ein closed-room-Fall."

„Was – – meinen Sie – damit?" fragte ich stockend. „Closed-room-Fälle sind doch – –" Ich vermochte den Satz nicht zu beenden.

„Ganz recht", bestätigte Dupin, „Sie sind ja Fachmann. Es sind Mordfälle."

Micky schaute ihn fragend an. Dupin fuhr fort: „Der klassische Mordfall sozusagen. Mord in einem völlig abgeschlossenen Raum. Tür und Fenster von innen verriegelt. Unser Fall wird noch dadurch komplizierter, daß auch die Leiche aus dem verschlossenen Raum verschwunden ist."

Ein prickelndes Stechen in meinem Kopf kündete einen neuen Ohnmachtsanfall an. Ich versuchte mich aufzurichten. „Wasser", flüsterte ich. Dupin reichte mir kalten Tee. Ich trank. Dann wurde mir etwas wohler.

Dupin setzte sich neben mich: „Wenn Sie nichts dagegen haben, überlegen wir gemeinsam, was jetzt zu tun ist."

„Überlegen, überlegen!" sagte ich müde. „Was gibt es hier noch zu überlegen. Meine Tochter ist verschwunden und – –"

„Verschwunden?“ fragte Dupin mitleidsvoll. „Ich wünschte, ich könnte Ihnen frohere Botschaft bringen.“

„Solange sie nicht gefunden ist – –“

„Es kommt nicht darauf an, ob wir sie finden, wann wir sie finden und wo, Mr. Syrington. Es genügt, wenn wir beweisen, daß sie tot ist.“

„Rufen Sie die Polizei!“ sagte ich.

„Die Polizei?“ fragte er. Unendliche Verwunderung lag in seiner Stimme. Mir wurde unheimlich zumute, als ich in seine Augen sah. Er betrachtete mich wie – – wie ein Anatom, der ein interessantes Objekt unterm Messer hat. „Nein, nein“, wehrte er energisch ab, „die Polizei ist hier fehl am Platze. Ich selbst werde den Fall klären.“

Wahrscheinlich fühlte er sich doch verpflichtet, seinen Entschluß wenigstens mir gegenüber zu begründen. „Ich bin doch Mathematiker“, sagte er würdevoll.

„Ich begreife Sie nicht“, sagte ich mit gleicher Würde.

„Und gleichzeitig Dichter.“

„Mein Herr!“ rief ich empört.

„Und als Mathematiker und Dichter beschäftige ich mich zuweilen mit den Geheimnissen der menschlichen Seele. Ich versuche sie aufzulösen in einen letzten unveränderlichen Bestandteil, eine letzte bewegende Triebkraft.“

„Ich habe keine Lust, mich jetzt mit Ihnen in metaphysische Spekulationen einzulassen!“ schrie ich und spürte, wie allmählich meine Lebenskraft wieder zurückkehrte. „Hier ist ein Mord passiert! Und Sie langweilen uns mit irrationaler Philosophie!“

Dupin lächelte fein: „Ganz recht, mein Herr.“

„Was heißt hier ganz recht?“ fragte ich scharf.

„Nun“, erwiderte er, „eben diesen Mord will ich aufklären. Die Polizisten, sehen Sie, gehen *so häufig fehl, weil sie die Höhe des jeweiligen Intellekts, mit dem sie zu tun haben, falsch oder gar nicht abzuschätzen vermögen. Sie rechnen immer nur mit ihrem eigenen Scharfsinn, und wenn sie etwas Verborgenes suchen, so denken sie immer nur daran, wie sie selbst es versteckt haben würden.“*

„Sie hoffen also, mit Hilfe der Mathematik den Fall zu klären?“ warf Bugge ein.

„Mit Hilfe der Mathematik?“ fragte Dupin. „Gewiß, ich bin Mathematiker, doch ich überschätze die Bedeutung der Mathematik nicht. Ich weiß, damit errege ich den höchsten Zorn meiner Kollegen. Aber *ich bestreite die philosophische Berechtigung eines Systems, das anders als mit abstrakter Logik arbeitet. Mathematische Axiome sind keine Axiome von allgemein gültiger Wahrheit. Was relativ wahr ist – also in Beziehung auf Form und Größe –, ist z. B. durchaus falsch in moralischer Hinsicht. Auch in der Chemie ist das Axiom nicht anwendbar, ebensowenig in der Lehre von der Bewegung. Es gibt zahlreiche andere mathematische Wahrheiten, die nur innerhalb ihrer relativen Grenzen Wahrheiten darstellen. Aber der Mathematiker schließt aus Gewohnheit nach seinen begrenzten Wahrheiten, als ob sie von einer absoluten allgemeinen Anwendbarkeit wären.“*

„Und Sie meinen, man müßte die Mathematik durch die Poesie korrigieren?“ fragte Bugge höflich, als Dupin einen Augenblick schwieg.

„Gewiß. Die Poesie, die kühne und exakte Phantasie eines Dichters, ist geeignet, das Geheimnis einer Tat zu enthüllen. Es ist die Methode der Identifizierung, die er anwendet. Er versetzt sich in die Rolle und den Zustand seines Gegners, um herauszufinden, wie dieser gehandelt hat. Mathematisch-logische Konsequenz und poetische Identifizierung – das sind die Wurzeln allen detektivischen Scharfsinns.“

„Dann sind Sie also – – Detektiv?“ fragte ich ergriffen.

„Zuweilen“, antwortete er, „Privatdetektiv.“

Und nun ließ er uns kaum noch zu Worte kommen. Er riß nicht nur die Führung des Gesprächs an sich, sondern auch den weiteren Verlauf der Untersuchung.

Ein Mechanismus begann abzulaufen, der erst, als er sich in sich selbst erschöpft hatte, zum Stillstand kommen konnte.

„Was ist geschehen?" fragte Dupin. Er richtete die Frage an uns alle.

Plötzlich bemerkte ich, daß sich auch der Klavierstimmer unter uns befand. Niemand schien sich darüber zu wundern. Also mußte man ihn vorhin, im Augenblick allgemeiner Verwirrung, mit heruntergebracht haben. Dupin wiederholte seine Frage.

Ich stellte ihm eine Gegenfrage: „Wollen Sie uns bitte verraten, wie Sie den Fall untersuchen wollen, wenn Sie nicht einmal den Raum gesehen haben, aus dem meine Tochter verschwunden ist?"

„Sie waren doch oben", antwortete er, „und Mr. Micky."

„Und Sie meinen, das genügt?"

„Doch, das genügt. Wollen Sie, Micky, bitte noch einmal Ihre Beobachtungen wiederholen?"

„Die Tür war von innen verschlossen. Der Schlüssel steckte noch. Das Fenster war genau so wie das hier unten konstruiert: ein Schiebefenster mit Selbstschließer. Es kann von außen zugeschlagen werden."

„Nun", sagte Dupin, „Sie sehen, der geschlossene Raum beginnt sich schon zu durchlöchern. Aber wir wollen uns das für später aufheben und –"

„Das ist doch ein unmögliches Unternehmen, aus den Aussagen Dritter einen Fall zu rekonstruieren und –"

Dupin unterbrach mich gleichfalls. „Aber das tun wir doch stets, Mr. Syrington! Von hundert Verbrechen, die begangen werden, haben wir vielleicht in einem Fall einen Augenzeugen. Neunundneunzig Mal sind wir auf Aussagen Dritter angewiesen."

„Und wenn sie verschieden aussagen?"

„Wenn Widersprüche auftreten, werden wir sie lösen, mit den Gesetzen der Logik."

Noch ehe ich antworten konnte, fragte mich Dupin: „Um gleich bei Ihnen zu beginnen – was haben Sie selbst beobachtet, das zur Klärung des Falles führen könnte?"

Ich versuchte, mich zu konzentrieren. Ich erzählte, wie ich heute nachmittag auf dem Spaziergang Cymbeline zum letzten Mal gesehen hatte. Ich erwähnte in meiner Wahrheitsliebe auch die theoretische Meinungsverschiedenheit, die uns entzweit hatte. Jeder sei dann für sich allein nach Hause gegangen.

„Woher wollen Sie das wissen?" hakte Dupin ein.

„Was denn?"

„Daß Cymbeline überhaupt nach Hause gekommen ist!"

„Ja, aber – –"

„Beweise!"

„Ich habe sie doch gehört – in ihrem Zimmer! Sie alle haben sie doch gehört, wie sie unruhig auf und ab ging!"

„Ist das alles?" fragte Dupin eindringlich.

Ich dachte nach. „Alles", sagte ich.

Mickys Aussage war ebenso dürftig. Er berichtete, er sei nach der letzten Runde unseres Spiels hinausgegangen, um Cymbeline herunterzubitten. Das Klavierspiel habe währenddem geschwiegen. Ich wußte nicht, was er mit dem Hinweis auf die aussetzende Musik bezwecken wollte.

„Ja", wiederholte Micky, zum Klavierstimmer gewandt, „der Flügel schwieg. Er mußte auch schweigen. Denn als ich die Treppe emporstieg, standen Sie gerade vor Cymbelines Tür!"

Der Klavierstimmer, der in meinem Schaukelstuhl saß, rührte sich nicht. Die Augen unter einer scharfen Hakennase starrten Micky an, leblos und gleichgültig wie die eines Reptils.

„Und was sahen Sie noch?" fragte Dupin kühl.

Ein furchtbarer Gedanke durchzuckte mich: Wenn nun der Klavierstimmer und Dupin Komplizen waren? Sie kannten sich ja! Und alles war von Dupin raffiniert vorbereitet! Seine logisch trainierte Phantasie hatte ein Verbrechen geplant, das mit Hilfe des Klavierstimmers durchgeführt worden war!

Micky schien nichts davon zu bemerken. Er sagte: „Ich sah und hörte es natürlich auch, wie dieser Herr an Cymbelines Tür klopfte und rief: ‚Mach doch auf!'"

„Das stimmt nicht", sagte der Angeschuldigte.

Micky spannte seine Muskeln. Der Klavierstimmer sah es und lenkte ein: „Jedenfalls nicht so, wie Sie es darstellen."

Dann zog er an seiner Tabakpfeife, stieß einige süßblaue Rauchwolken aus und sagte: „Ich brauchte einen Schraubenzieher –"

„Und den sollte Ihnen ausgerechnet meine Tochter geben?" rief ich. „Das ist eine ganz gemeine Ausrede!"

„Und außerdem", fügte Micky drohend hinzu, „wie kommen Sie dazu, Cymbeline so vertraulich anzureden? Dieses Recht habe ich allein! Ich bin ihr Freund!"

Der Klavierstimmer erhob den Finger der rechten Hand, wie ein Schuljunge, der eine Antwort weiß: „Eben das stimmt nicht. Hier haben Sie sich verhört. Nicht ‚Mach mal auf!' habe ich gesagt, sondern ‚Machen Sie doch bitte einmal auf!'"

Dupin fragte: „Also wußten Sie, daß Cymbelines Tür verschlossen war?"

„Wieso?"

„Sonst hätten Sie sie doch gar nicht aufgefordert zu öffnen!"

„Woher wußten Sie das?" fragte ich scharf.

Der Klavierstimmer war betroffen. Die Frage hatte ihn verwirrt.

„Also haben Sie vorher geklinkt, was?" sagte Micky höhnisch. Er sprang auf und packte ihn am Jackett. „Hören Sie mal, wenn Sie etwa denken, Sie könnten mit Cymbeline – –"

„Das ist doch Unsinn, Cymbeline so etwas zuzutrauen!" rief ich.

„Schon gut", nickte mir Micky zu. „Ich hab es nicht so gemeint."

„Wir wollen einander nicht beschuldigen", beschwichtigte uns Dupin, „sondern den Fall klären."

„Wie wollen Sie ihn klären, wenn schon bei den einfachsten Dingen Widersprüche auftreten?"

„Widersprüche?" fragte er träumerisch. „Widersprüche sind der Personalausweis der Realität. Sie beweisen, daß etwas wirklich existiert."

Er trank einen Schluck kalten Tee. Dann fuhr er fort: „Den Widersprüchen gegenüber empfinde ich achtungsvolle Liebe."

Seine geschraubten Redensarten beunruhigten mich noch mehr als das Mysterium des Falles selbst. Aber ich hatte nicht die Macht, den barocken Gedanken Dupins Einhalt zu gebieten.

„Wenn wir beim Denken auf Widersprüche stoßen", bemerkte er, „zeigt das, daß wir auf dem richtigen Wege sind. Die Wahrheit ist eine Einheit von Widersprüchen, weil die Wirklichkeit widerspruchsvoll ist. Nur unsere Irrtümer sind zuerst widerspruchslos. Fälle, die keine Widersprüche zeigen, bearbeite ich deshalb grundsätzlich nicht."

„Nun", entgegnete ich, obwohl ich das gar nicht wollte, „Widersprüche in der Realität sind nicht dasselbe wie Widersprüche in unserm Denken. Jene sind objektiv, diese dagegen beruhen auf falschen Schlüssen."

„Sehr recht", parierte Dupin, „ich meine die logischen Widersprüche. Das sind die Widersprüche unseres Denkens. Unsere Erkenntnis tastet sich an die Wahrheit heran. Sie kann sich in zwei Richtungen bewegen. Die eine Richtung des Weges führt zur Wahrheit hin, die andere, die entgegengesetzte, führt von ihr weg. Logische Widersprüche, entgegengesetzte Aussagen beweisen also stets, daß eins von beiden falsch sein muß."

„Wenn sie einander ausschließen, und nur dann!" warf ich ein.

„Natürlich, selbstverständlich", sagte Dupin, „nur, wenn sie einander ausschließen. Aber Wahrheit setzt die Erkenntnis der Falschheit voraus. Sehen Sie, hier steht meine Tasse Tee. Ich sage, der Tee ist süß. Und ein anderer sagt, er ist nicht süß. So entsteht ein logischer Widerspruch zwischen beiden Urteilen. Einer von beiden hat recht, der andere *muß* unrecht haben. Denn die zwei Aussagen schließen einander aus; wenn die eine falsch ist, muß die andere unabdingbar wahr sein. Sagt der, der den Tee nicht süß nennt, die Wahrheit, so kann er nicht gleichzeitig süß sein. Und umgekehrt gilt dasselbe.

Wir haben also nur solche Aussagen zu untersuchen, die einander ausschließen, die falsche auszusondern, und die wahre liegt dann wie selbstverständlich in unsern Händen!"

Die akademische Ruhe Dupins erbitterte mich immer mehr. Aber noch zwang ich mich zur Sachlichkeit. „Beim Fall unserer Tasse Tee", wandte ich ein, „ist es ja sehr einfach, die Wahrheit zu finden. Ich koste sie. Ein praktischer Beweis sozusagen. Aber hier – –"

Ich hob resigniert die Hände. „Hier steht Aussage gegen Aussage. Es fehlt der Beweis durch die Praxis."

„Die Wahrheit findet ihren Prüfstein allein in sich selbst", sagte Dupin kategorisch. „Ich erklärte Ihnen ja schon einmal, ich bestreite die philosophische Berechtigung eines Systems, das anders als mit abstrakter Logik arbeitet."

„Mit andern Worten", warf Micky ein, „Sie sind der Privatdetektiv mit der Methode der abstrakten Logik."

„Genau", erwiderte Dupin. „Ich schlage Ihnen vor, daß wir die logischen Widersprüche aller Aussagen festhalten und sie dann logisch auflösen. Da sich im Widerspruch die Einheit von Gemeinsamem und Verschiedenem findet, suchen wir zuerst das Gemeinsame zu ergründen, das sich in allen oder doch zumindest in zwei Aussagen ergibt."

„Fest steht!" rief ich, „daß sich Cymbeline während unseres Streichholzspiels noch in ihrem Zimmer befand. Ich hörte sie auf und ab gehen."

„Aha", sagte Dupin.

„Da gibt es gar kein Aha! Schließlich haben Sie ihre Schritte genauso gehört wie ich!"

„Natürlich, wir alle", bestätigte Micky.

Dupin starrte mich an: „Sie haben also Schritte gehört. *Gehört!*" wiederholte er. „Aber wissen Sie auch, wem sie gehörten?"

„Aber –", protestierte ich.

„Und wenn es nun jemand ganz anders war als Cymbeline?" Mein Herz stolperte. „Sie meinen, es war – – der – Mörder?"

„Ich meine gar nichts. Ich stelle fest, indem ich alle Möglichkeiten in Betracht ziehe, die logisch denkbar sind. Und Tatsache ist, daß ein Geräusch vieldeutig ist. Sie beurteilen es nach der Gewohnheit, bestimmen es aus dem üblichen Zusammenhang der Erscheinungen. Im Zimmer über uns sind Schritte zu hören. In diesem Zimmer wohnt Cymbeline. Also sind das Cymbelines Schritte. Erkennen Sie den Trugschluß? Natürlich gehörten die Schritte demjenigen, der sich im Zimmer befand. Das steht ohne jeden Zweifel fest. Nicht fest steht aber bisher, wer im Zimmer war. Es *kann* Ihre Tochter gewesen sein. Aber sie *muß* es nicht gewesen sein."

„Ja, aber –", stammelte ich.

„Sie sehen, bereits am Anfang steht eine Hypothese", unterbrach er mich kalt. „Wir wissen vorerst nur eins: Es war jemand in ihrem Zimmer, als wir hier unten warteten."

Er tauchte ein Stück Würfelzucker in den Tee und sog daran. Es gab ein häßliches schlürfendes Geräusch. Dupin zuckte zusammen und unterließ den Genuß dieser Delikatesse. Dann blickte er den Klavierstimmer an: „Wir saßen alle hier unten. Sie allein, mein Herr, befanden sich oben auf demselben Flur. Zum Beispiel könnten *Sie* in Cymbelines Zimmer gewesen sein."

„Aber ich *muß* es nicht gewesen sein", konterte der Klavierstimmer Dupin mit dessen eigenen Worten und grinste gemein.

„Der Beweis wird sich erhärten", fuhr Dupin fort, „wenn wir mit Sicherheit behaupten könnten, daß die Schritte jedesmal ertönten, wenn das Stimmen des Klaviers aussetzte."

Wir schwiegen. Diese Möglichkeit gewann an Wahrscheinlichkeit. Trotzdem waren wir ehrbar und objektiv genug, eine solche Behauptung nicht auf trügerische Erinnerung aufzubauen.

„Wir sind uns also klar", faßte Dupin zusammen, „während wir uns hier unten dem unschuldigen Spiel hingaben, war jemand in Cymbelines Zimmer. Das steht absolut fest, nicht wahr?"

Ich nickte trüb: „Fest steht aber auch, daß dieser Herr, der für Sie das Klavierstimmen übernommen hat, vor der Tür meiner Tochter beobachtet wurde, als er gerade –"

„Ja, ja", unterbrach mich Dupin, „das gibt er ja auch ohne weiteres zu, stimmt's?"

Der Klavierstimmer lächelte gelassen.

„Aber er hat doch behauptet, ‚Machen Sie auf!' gerufen zu haben, während Micky betonte, er habe eine weitaus vertraulichere Form der Anrede gebraucht. Das läßt doch gewisse Schlüsse auf sein Verhältnis zu Cymbeline zu!" wandte ich ein.

„Aber nicht auf die Tat", sagte Dupin phlegmatisch. „Das ist doch ein ganz unwesentlicher Widerspruch, zumal ich annehmen muß, daß Ihr Verdacht auf falsche Bahnen gerät."

„Wieso?"

„Sie sind geneigt, Mickys Aussage zu glauben?“

Ich bejahte.

„Ich aber nicht“, betonte Dupin. „Vielmehr nehme ich mit ziemlicher Sicherheit an, daß der Klavierstimmer sich tatsächlich mit den Worten ‚Machen Sie doch auf!‘ Eintritt verschaffen wollte.“

„Wie wollen Sie das beweisen?“

„Oh“, sagte Dupin, „Micky sah mit den Augen der Eifersucht. Affekte aber trüben nicht nur unsere Vernunft, wie Verliebte beweisen, sie verbiegen und verzerren bereits unsere Sinneswahrnehmungen. Der Eifersüchtige legt in den harmlosen Blick seiner Geliebten, den sie auf einen andern Mann richtet, bereits das Einverständnis geheimen Versprechens und Gewährens. Er versieht sich, verhört sich – unter dem Einfluß seiner alles beherrschenden Leidenschaft. Micky wollte Cymbeline holen. Er sieht, wie sich ein fremder Mann an ihrer Zimmertür zu schaffen macht, hört ihn sprechen, und in diesem Satz kommt das Wort ‚aufmachen‘ vor. Blitzschnell bildet sich in seiner von Leidenschaft und Eifersucht erfüllten Phantasie die Vorstellung eines ihm bisher verborgenen Verhältnisses zwischen den beiden. Er weiß ja zudem auch nicht, daß der Klavierstimmer nur zufällig in diesem Hause weilt. Und so klingt ihm der harmlos und sachlich gemeinte Satz ‚Machen Sie doch auf!‘ wie der Befehl eines Verliebten: ‚Öffne!‘ Bitte, Micky, das geht nicht gegen Sie, nicht im geringsten will ich Ihre Zuverlässigkeit in Zweifel setzen, sondern nur die Herrschaft der Affekte im allgemeinen zu bedenken geben, die Brechung unserer Empfindungen und Wahrnehmungen durch ihre Gewalt. Sie verstehen mich doch?“

„Ich verstehe Sie“, knirschte Micky.

„Wenn es also unwesentlich und für den Zusammenhang unerheblich ist, welcher Person in der Anrede sich dieser Herr hier bedient hatte, als er Einlaß in Cymbelines Zimmer wünschte, ist hingegen die Tatsache dieses Versuches, in ihr Zimmer zu gelangen, von weit größerer Bedeutung. Das Zimmer war verschlossen. Befand sich überhaupt jemand darin?"

Der Klavierstimmer erklärte, Miß Syrington sei noch darin gewesen.

„Sehen Sie!" rief ich Dupin vorwurfsvoll zu.

Dupin winkte ärgerlich ab. Der Klavierstimmer fügte noch hinzu, Cymbeline habe gerufen, sie könne ihm jetzt nicht öffnen, da sie sich gerade für den Tee umkleide.

„Ich habe aber gar keine Antwort aus dem Zimmer gehört!" rief Micky erregt.

„Sie standen viel zu weit weg, auf der Treppe noch, um Cymbelines Stimme hören zu können", sagte der Musiker. Dupin blieb unbeeindruckt. „Gemäß unserm logischen Prinzip, daß von zwei einander ausschließenden Antworten die eine immer wahr und die andere immer falsch sein muß, werde ich eine weitere Frage stellen. Wer befand sich dann im Zimmer, wenn nicht Miß Syrington?"

Er sah uns der Reihe nach an: „Hier unten waren Sie, Mr. Syrington, Ihre Gattin, Mr. Bugge und ich. Erkennen Sie diese Alibis an?"

Diese Alibis mußten anerkannt werden.

„Etwas schwieriger ist es mit Micky, aber sowohl er als auch unser Klavierstimmer bestätigen, daß er nur bis zur halben Treppe gekommen sei. Seine kurze Abwesenheit ist zudem belanglos, da ja die Schritte vorher und auch nach seiner Rückkehr vernehmlich waren. Bleibt also nur die Annahme, daß es doch Cymbeline war, die in ihrem Zimmer auf und ab ging oder – –"

„Ich befand mich draußen vor ihrer Tür", rief der Musiker rasch. „Das hat Mr. Micky auch bestätigt!"

„Aber *wann* wurden Sie vor Cymbelines Tür gesehen? Als Micky sich auf der Treppe befand, also sofort, nachdem er uns verlassen hatte. Die Schritte, die wir hier über uns hörten, hörten wir aber vorher schon und auch danach!"

„Wirklich?" fragte ich zweifelnd.

„Natürlich", sagte Dupin bestimmt. „Erinnern Sie sich nicht mehr, Mr. Syrington? Sie tranken die zweite Tasse Tee. Ich wußte genau, was in Ihnen vorging. Unablässig dachten Sie an Cymbeline. Woher ich das weiß? Schoben Sie nicht die Teetasse, nachdem Sie sich gesetzt hatten, etwas von sich weg, auf die Mitte zu? Ich nehme an, das ist Ihre Gewohnheit. Cymbeline schenkt Ihnen stets den Tee ein, und Sie machen es ihr ein wenig bequemer, indem Sie ihr die Tasse näher hinschieben. Dann sah ich Sie die Tasse ansetzen und den ersten Schluck trinken. Ihr Mund verzog sich. Erst jetzt bemerkten Sie, daß sich weder Milch noch Zucker im Tee befanden. Ein Teetrinker, der sich selbst bedient, pflegt im allgemeinen nicht zu vergessen, Milch und Zucker hinzuzusetzen. Sie aber hatten das stets Cymbeline überlassen, und ich konnte feststellen, daß Sie sich noch immer in Gedanken bei ihr befanden. Denn als Sie nun zu Zucker und Milch griffen, ging Ihr Blick unwillkürlich nach oben, wo Sie Ihre Tochter vermuten mußten. Im gleichen Augenblick begannen die Schritte von neuem. Ich sah Sie zusammenzucken. Dann tranken Sie langsam die Tasse aus. Dabei beobachtete ich, wie Ihr Blick zu Micky wanderte. Sie überlegten, ob Sie sich an ihn wenden sollten. Das aber taten Sie erst, als Sie die zweite Tasse ausgetrunken hatten und die Schritte nicht mehr zu hören waren."

„Und – was wollen Sie damit sagen?" fragte ich Dupin, mehr verblüfft als überzeugt.

„Daß sich der Zeitpunkt, wann die Schritte noch zu hören waren, absolut oder – sagen wir besser – relativ, d. h. im Verhältnis zu andern Ereignissen, bestimmen läßt. Fest steht folgendes: Die Schritte über uns waren zu vernehmen, bevor Micky nach oben ging, und auch, nachdem er zurückgekommen war. Sie waren *deshalb* zu vernehmen – weil jedesmal, wenn wir sie hörten, das Stimmen des Klaviers aussetzte. Das läßt nur eine Schlußfolgerung zu – –“

„Halt!“ rief ich, „Sie wollen behaupten, daß Klavierspiel und Schritte niemals zusammenfielen?“

„Ganz richtig.“

„Das ist ein Trugschluß“, entgegnete ich. „Die Schritte waren wahrscheinlich auch während des Klavierspiels da. Wir hörten sie nur nicht, weil die Musik sie übertönte.“

„Umgekehrt ist es richtig“, sagte Dupin. „Die Schritte waren in dem Raum, der direkt über uns liegt. Mein Zimmer mit dem Flügel liegt dahinter. Also hätten höchstens die Schritte die Musik übertönen können, weil sie aus dem uns näher liegenden Zimmer kamen. Geben Sie das zu?“

„Ich beuge mich Ihrem Argument.“

„Schön. Welche Schlußfolgerung, welche einzige Schlußfolgerung müssen wir also ziehen, wenn die Schritte immer nur dann ertönten, als das Klavierspiel aussetzte? Daß sich auch nur in diesen Spielpausen jemand im Zimmer befand!“

„Veto!“ sagte ich. „Cymbeline war in höchster Unruhe. Die Musik beruhigte sie offensichtlich. Setzte sie aber wieder aus, wurde oben Cymbeline von ihrer Nervosität überwältigt und lief wieder ruhelos auf und ab.“

„Cymbeline war aber gar nicht in ihrem Zimmer, Mr. Syrington!“

„Aber wieso denn nicht?“

„Weil sie nicht drin sein *konnte*!“

„Sie konnte nicht drin sein?“

„Weil das Zimmer verschlossen war!“ Er lächelte mich mitleidig an. „Wie hätte sie denn aus dem verschlossenen Zimmer herauskommen sollen?“

„Auf demselben Wege wie – wie – – wie der, den Sie an ihrer Stelle in ihrem Zimmer vermuten!“

„Immer hübsch der Reihe nach!“ versuchte mich Dupin zu beschwichtigen. „Zuallererst müssen wir doch einmal feststellen, wer sich in ihrem Zimmer befand. Vergessen Sie nicht, wir gingen von der Frage aus, wer war in ihrem Zimmer, wenn es Cymbeline selbst nicht war? Mr. Syrington, machen Sie doch nicht ein solch verbittertes Gesicht. Wir wollten doch vom Gesetz des kontradiktatorischen Gegensatzes ausgehen, nicht wahr? Entweder war Cymbeline in ihrem Zimmer, oder sie war es nicht. War sie es nicht, wer war es dann? Nur der, der sich nicht hier unten befand."

Der Klavierstimmer sprang auf: „Was soll das heißen?" rief er und packte Dupins Arm.

„Daß Sie drin waren", sagte Dupin ruhig.

„Unerhört!"

Dupin sprach monoton, als ginge ihn das alles gar nichts an: „Das Klavierspiel wäre Ihr Alibi gewesen. Klavierspiel und Schritte fanden niemals gleichzeitig statt. Sie allein waren in Cymbelines Zimmer."

Der Maestro lachte höhnisch. Langsam setzte er sich wieder hin und goß sich eine Tasse Tee ein. Er benutzte Cymbelines Tasse, die noch unberührt auf dem Tisch stand.

„Und wie", kicherte er, „bin ich wieder aus dem verschlossenen Zimmer herausgekommen?"

„Durchs Fenster", erwiderte Dupin.

„Das war von innen verschlossen."

„Sie vergessen den Selbstschließer. Das Fenster kann von außen geschlossen werden – wenn man es zuwirft, schnappt der Selbstschließer ein. Ich bemerkte vorhin bereits, das ist ein Löchlein im Mysterium des geschlossenen Raums."

Dann wandte er sich rasch nach vorn und setzte dem Klavierstimmer seinen Zeigefinger auf die Brust: „Sie gingen in Cymbelines Zimmer. Dann verschlossen Sie die Tür hinter sich, stiegen durchs Fenster auf den Mauersims, warfen das Fenster zu, kletterten am Blitzableiter in die Bodenluke hinein und kehrten auf diesem Wege in mein Zimmer zurück. Dort begannen Sie wieder mit Ihren Tonleiterübungen. So entstand der Eindruck eines rätselhaften Falles."

„Der Fall *bleibt* rätselhaft", entgegnete ich .„Was haben Sie denn bisher durch Ihren logischen Seiltanz erreicht? Das sind doch alles nur Vermutungen! Ebenso wie dieser Herr hätte doch auch Cymbeline ihr Zimmer verlassen können und – –"

„Auf diesem schwierigen Wege?"

„Natürlich", sagte ich, „man kann sich das schwer vorstellen, aber unmöglich wäre es nicht."

„Wir müssen uns an das Wahrscheinliche halten."

„Das Verbrechen ist immer Spekulation mit dem Unwahrscheinlichen!"

„Woher wissen Sie, daß es hier um ein Verbrechen geht?"

„Aber Sie selbst haben doch – –"

„Natürlich. Wir sind uns also einig."

Und dann packte es mich erneut, das Entsetzen, das unter all diesen spitzfindigen Tüfteleien schon wieder eingeschlummert war: Wo ist dann Cymbeline? Was ist mit ihr geschehen? Dupin schien meine Gedanken zu erraten.

„Machen wir's also kurz", murmelte er. Er sprach so leise, daß wir uns unwillkürlich aneinanderdrängten. Nur um den Klavierstimmer entstand ein leerer Raum, in dem selbst dieser kaltblütige Bursche zu frieren schien.

„Cymbeline ist verschwunden", begann Dupin. „Wir wollen von der Annahme ausgehen, daß sie sich noch in ihrem Zimmer befand, als dieser Musikfreund hier sich unter dem Ruf ‚Machen Sie doch mal auf!' Einlaß in ihr Zimmer verschaffen wollte. Als er Micky sah, ging er in sein Zimmer zurück. Er ließ Micky an Cymbelines Tür rütteln und sie bitten, nach unten zu kommen. Aber sie reagierte nicht darauf, nicht wahr?"

„Nein", sagte Micky kurz.

„Als Micky gegangen war, versuchte es unser Klavierstimmer noch einmal. Vielleicht lauerte er Cymbeline auf, als sie aus dem Zimmer trat. Das ist am wahrscheinlichsten. Dann drängte er sie ins Zimmer zurück, verschloß es von innen, Miß Syrington floh vor ihm, ein Sessel fiel um und dann – –“

Er brach ab und sah mich traurig an. Dann klopfte er mir beruhigend auf die Schulter.

„Nachdem er sich vom Tode seines Opfers überzeugt hatte, öffnete er das Fenster, die Leiche auf der Schulter, ließ das Fenster einrasten und kletterte empor, schwang sich in die Bodenluke und verbarg die Tote irgendwo. Dann begab er sich wieder in sein Zimmer.“

„Dann waren die Schritte über uns doch die Schritte von Miß Syrington?“ fragte Bugge.

„Ich weiß nicht“, sagte Dupin zögernd. „Wahrscheinlich die Schritte Cymbelines vor ihrer Ermordung, oder – – sie war schon früher umgebracht worden, und der Mörder täuschte ihre Anwesenheit nur vor, indem er selbst mehrmals in ihr Zimmer ging und dort auf und ab lief. Wenn dem so wäre, hätten wir auch die Erklärung dafür, warum Micky keine Antwort auf seine Frage bekam.“

In diesem Augenblick, als die Schuld des Klavierstimmers unwiderleglich feststand, stürzte ich mich auf ihn und begann, sinnlos vor Wut, auf ihn einzuschlagen. Wir wurden auseinandergerissen, und Dupin mahnte mich zur Besonnenheit. Der Klavierstimmer öffnete, hastig keuchend, sein Hemd am Hals. Dann lächelte er mir zu: „Die Theorien des Mr. Dupin waren nicht ohne Logik und Phantasie. Stellenweise sogar charmant, muß ich sagen, französisch. Ich dagegen, als Engländer – –“

Dupin verbeugte sich geschmeichelt.

„Ihre Ausführungen, Mr. Dupin, waren logisch, sehr logisch in sich selbst. Aber – –“

Er machte eine bedeutungsvolle Pause. Dann erhob er seine Stimme: „Aber Sie wissen doch, meine Herren, daß es auch eine Logik des Unlogischen gibt.“

Ich starrte ihn an. „Nun reicht mir's aber!" schrie ich. „Lenken Sie nicht ab! Puderzucker auf Ihre schmutzige Weste streuen, das wollen Sie wohl? Ein Mörder sind Sie. Ihre logischen Randbemerkungen interessieren mich nicht! Mich interessiert der Strick um Ihren Hals!"

„Sachte, mein Herr, sachte, wenn ich sehr bitten darf." Dann wandte er sich wieder an Dupin, ohne mich auch nur noch eines Blickes zu würdigen.

„Ihre logischen Schlüsse waren durchaus zwingend, wenn man ihren inneren Mechanismus betrachtet. Aber die formale Logik, Mr. Dupin, hat eine Grenze, das wissen Sie so gut wie ich, nicht wahr?"

„Ich weiß nicht, wovon Sie reden", murmelte Dupin.

„Oh – darf ich Ihre Erinnerungen auffrischen? Es gibt logische Schlußfolgerungen, die streng den Gesetzen der Logik gehorchen – und trotzdem sind sie unwahr. Gestatten Sie mir ein Schulbeispiel:

Alle Füchse haben rotes Haar.
Mr. Dupin ist ein Fuchs.
Also hat Mr. Dupin auch rotes Haar."

Dupin lächelte verzerrt.

„Ich wollte", fuhr der Klavierstimmer fort, „keineswegs Ihr zartes dunkelbraunes Haar kränken. Aber die formale Logik, mein Herr, Sie sehen – es läßt sich nichts dagegen einwenden, daß sie auch zu Trugschlüssen verleiten kann."

„Nein!" sagte Dupin. „Sie gebrauchen das Wort ‚Fuchs' in doppelter Bedeutung. Einmal bezeichnen Sie damit ein vierbeiniges Säugetier, und zweitens gebrauchen Sie es in übertragener Bedeutung für einen scharfsinnigen und durchtriebenen Menschen. Es ist in der formalen Logik unzulässig, denselben Begriff in doppelter Bedeutung zu benutzen!"

„Habe ich Sie doch auf meiner Spur, verehrter Fuchs!" rief der Klavierstimmer fröhlich. „Was ich bemerken wollte, ist folgendes: Zwei Urteile, zwei Voraussetzungen, zwei Prämissen bedingen ein drittes Urteil, eine Schlußfolgerung. Aber nicht jede logisch gebildete Schlußfolgerung ist wahr."

„Ihre Schlußfolgerung entspricht aber nicht den logischen Gesetzen!"

„Und wer beweist Ihnen das?"

„Daß ich kein vierbeiniges Säugetier mit roten Haaren bin."

„Aha. Die Wahrheit läßt sich mit Hilfe der logischen Gesetze allein nicht ermitteln. Da haben Sie recht. Ja, Sie haben völlig recht. Die Wahrheit, meine Herren, der Beweis der Wahrheit – das übersteigt die Kompetenz der Logik, das ist ein Sprung heraus aus ihrer gedanklichen Inzucht. Den Wahrheitsbeweis antreten kann die Logik selbst nicht. Denn um die Wahrheit zu finden, ist es notwendig, über den Mechanismus des Denkens hinauszugehen und unsere Urteile und Schlußfolgerungen mit der Wirklichkeit zu konfrontieren. Wahrheit ist die höchstmögliche Annäherung unseres Denkens an die Realität. Merken Sie sich das bitte, Mr. Dupin", fügte er scharf hinzu.

„Wie bitte?" fragte Dupin verständnislos.

„Sie haben aus bestimmten Prämissen bestimmte Schlüsse gezogen", wiederholte der Klavierstimmer unbeirrt, „logisch richtige, wie ich ausdrücklich bemerken will. Aber wer sagt Ihnen denn, daß die Prämissen selbst wahr sind? Waren nämlich Ihre Prämissen nicht wahr, so stürzt Ihr logisches Gebäude zusammen wie eine Sandburg, die das Meer umspült. Und wer entscheidet, ob Ihre Prämissen wahr sind? Nun?"

Dupin blickte unsicher auf.

„Die Realität", beantwortete sich der Musiker seine Frage selbst. „Und die Realität in unserm Fall hier sagt klar und nüchtern: Eine Ihrer Prämissen war falsch!"

Dupin erbleichte. Er rang mühsam nach Fassung, aber seine ersten Worte waren kaum mehr als ein Stammeln.

„Die Grundsätze meiner Schlußfolgerungen", stotterte er, „die Konsequenz meiner Voraussetzungen, Verzeihung, ich meine, die Prämissen meiner – –"

Er brach ab. Dann dachte er einen Augenblick nach und ließ seinen Blick müde über uns hinwegwandern, bis er am triumphierenden Lächeln seines Widersachers hängenblieb. „Und welche Prämisse", fragte er mit sichtlicher Anstrengung, „ist Ihrer Meinung nach falsch?"

„Die closed-room-Prämisse", erwiderte der Klavierstimmer gutgelaunt.

„Ich begreife Sie nicht, mein Herr."

„Nun, dann erlaube ich mir, es Ihnen zu erklären. Ich fasse mich kurz, denn unser Fall erfordert rasches Handeln."

Dann richtete er seinen Blick auf uns alle: „Ich bedarf nicht der logischen Spekulationen, der geistigen Ausschweifungen des Mr. Dupin, des umständlichen Brückenbaus formaler Kettenschlüsse. Ich bin Wissenschaftler und werde wissenschaftlich vorgehen."

„Es lebe der Abbau der Logik", sagte Dupin bitter.

Der Klavierstimmer verbeugte sich vor Dupin: „Danke, Herr Kollege. Sie irren sich. Aber Ihnen zuliebe werde ich vor Beginn meiner Ausführungen einige allgemeine Bemerkungen machen, um das Wesen und die Methode meiner Erkenntnisse zu charakterisieren. Zuallererst möchte ich sagen, Mr. Dupin ist ein veralteter Detektiv."

Dupin blieb ungerührt, wie etwa ein Mensch, den fünf Bienen mitten ins Gesicht gestochen haben, vom Stich einer Mücke nicht mehr beeindruckt wird. Er merkt es gar nicht mehr.

„Veraltet deshalb", fuhr der musikalische Herr fort, „weil Sie sozusagen ein Museumsstück aus dem 18. Jahrhundert sind. Ein Fossil des rationalistischen Zeitalters, das allein den Verstandesbeweis anerkannte. Wahr ist, was klar und deutlich vor meinem Verstand steht – so etwa hieß es, wenn ich mich an Descartes richtig erinnere. Nun sind ja, wie ich schon ausführte, gewisse logische Operationen durchaus klar, auch ganz bestimmte Begriffe völlig deutlich. Wer von uns hätte nicht eine klare und deutliche Vorstellung vom Helm der Pallas Athene, den uns der Dichter so anschaulich beschreibt. Und doch zweifelt keiner von uns daran, daß dieser Helm niemals existiert hat. Eine klare und deutliche Vorstellung haben wir auch von jenen Fabeltieren, halb Pferd und halb Mensch – aber hat sie jemals jemand gesehen? Ich meine also, daß in der detektivischen Kunst – die eine Methode zum Entdecken unbekannter Zusammenhänge ist – das logische Verfahren nicht das einzig zulässige und brauchbare Verfahren zur Erkenntnis der Wahrheit sein kann.

Am Anfang steht die Spur. Die Spur ist das einzig Bekannte in der Gleichung mit vielen, ja mit einer unbekannten Zahl von Unbekannten. Bekannt ist nur diese Unbekanntheit der Unbekannten. Aber eine einzige Bekannte liegt vor uns: die Spur. Sie ist gleichsam die Insel, die aus einem Ozean denkbarer Möglichkeiten herausragt, der feste, der trockene Boden unter unsern Füßen.

Fernerhin steht fest, daß jede Bewegung der Dinge, die in einem unendlichen Zusammenhang miteinander stehen, sich in andern Dingen sozusagen abdrückt, abbildet.

Auch die verbrecherische Handlung hinterläßt wie jede andere Tat und Bewegung Spuren.

Der Verbrecher kann einzelne Spuren vermeiden, z. B. die Abdrücke seiner Kapillarlinien auf den Fingerspitzen, wenn er Handschuhe trägt. Dafür kann ein Wollfaden seines Handschuhs an der Mordwaffe oder ein Blutstropfen seines Opfers auf dem Handschuh hängenbleiben. Die Spur ist nur verschoben, aber sie bleibt.

Er kann die Blutspur vom Fußboden abkratzen – dafür wird der Fußboden Kratzspuren aufweisen, die ebenso verdächtig und bezeichnend sind. Erlassen Sie mir kleinliche

Beweise. Philosophisch und auch praktisch unwiderlegbar ist die Tatsache, daß jeder Vorgang, also auch das Verbrechen, Spuren hinterläßt, die erkennbar sind und eine Rekonstruktion der Tat ermöglichen.

Das, meine Herren, ist die große Wende in der Kriminalistik gegen Ende des 19. Jahrhunderts. Die Wissenschaft von den Spuren ist ein Ergebnis der Entwicklung der Naturwissenschaften, Chemie und Mikroskopie, Fotografie und Röntgenologie, Spektralanalyse und die Anwendung der Ultrastrahlen – das alles waren Stationen auf dem Wege zur wissenschaftlich begründeten Kriminalistik. Beobachtung der Spuren ist der erste, sie richtig zu verallgemeinern der zweite Schritt der Detektivkunst. Gestatten Sie mir ein Beispiel. Hier hängt ein Hut, eine einfache schwarze Melone."

„Er gehört mir", sagte Dupin.

„Nun wohl", erwiderte der Klavierstimmer, „das behaupten Sie. Aber ich glaube es Ihnen nicht. Gewiß, *man sieht sofort, daß der Träger dieses Hutes ausgesprochen intelligent ist, auch daß es ihm in den letzten drei Jahren recht gut ging, obwohl er jetzt eine schlechte Zeit hat. Er traf Vorsorge, jetzt jedoch weniger als früher, was auf einen moralischen Rückgang schließen läßt, der, zusammen mit der Verschlechterung seiner finanziellen Lage, auf einen schlimmen Einfluß hinzuweisen scheint, wahrscheinlich auf Trunksucht. Das mag auch schuld an dem offensichtlichen Umstand sein, daß seine Frau ihn nicht mehr liebt. Er hat sich aber noch eine gewisse Selbstachtung bewahrt. Er ist ein Mann, der eine sitzende Lebensweise führt, wenig ausgeht, gar kein körperliches Training hat, mittleren Alters ist, angegrautes Haar hat, das er in den letzten Tagen hat schneiden lassen und mit Pomade einfettet. Das sind die feststehenden Tatsachen, die sich diesem Hut entnehmen lassen.*"

Während der letzten Worte des Klavierstimmers hatte ich unwillkürlich meine mit Pomade eingefetteten Haare zurechtgestrichen. Er hatte meine Bewegung bemerkt und wandte sich mit einem boshaften Lächeln an mich: „Es ist doch Ihr Hut, Mr. Syrington?“

„Zweifellos“, stotterte ich verlegen. Es war mir sehr peinlich, daß dieser Mann aus der Beschaffenheit meines Hutes meine niederdrückende finanzielle Lage und meinen dadurch ebenfalls sehr niedergedrückten seelischen Zustand, meine gelegentliche Flucht zur Flasche und die notwendig daraus sich ergebenden Zwistigkeiten mit meiner Frau herausgelesen und so schamlos der Öffentlichkeit preisgegeben hatte.

Aber er schien es nicht in der Absicht getan zu haben, mich zu demütigen, sondern seine überlegenen Fähigkeiten zu beweisen – was ja immer etwas auf Kosten der kleineren Geister zu geschehen pflegt. Jedenfalls wandte er sich sofort wieder seinen theoretischen Erörterungen zu.

„Die logischen Überlegungen des Herrn Dupin in allen Ehren – aber wohin führten sie uns denn? Sie endeten damit, einen Unschuldigen zu verdächtigen – nämlich mich. Hätte der sehr ehrenwerte Mr. Dupin“, und hier erhob sich des Klavierstimmers leises Organ zu tönender Schärfe, „sich auch nur die kleine Mühe gemacht, die Voraussetzungen seiner logischen Kapriolen, die Prämissen seiner phantastischen Schlüsse zu überprüfen – uns allen wäre viel kostbare Zeit, viel Arbeit und der Kummer falscher Verdächtigungen erspart geblieben.“

Er machte eine Pause.

„Zur Sache!“ rief ich ungeduldig. „Wir drehen uns doch im Kreise. Merken Sie das nicht? Sie sind wieder bei Ihrer ersten Behauptung angelangt! Zur Sache, wenn ich bitten darf!“

Der Klavierstimmer verbeugte sich auf eine sehr altmodische Weise vor mir und sagte: „Nun, so will ich Ihnen denn erzählen, was wirklich geschehen ist. Micky hatte recht. Als er die Treppe heraufkam, hatte ich soeben Mr. Dupins Zimmer verlassen und mich vor das Zimmer der jungen Dame begeben. Ich war gerade dabei, sie um einen Schraubenzieher anzugehen, und hatte sie deshalb gebeten: ‚Wollen Sie mir bitte öffnen.'

Bis hierhin also stimmt meine Aussage mit der des Mr. Micky überein, was bekanntlich Mr. Dupin veranlaßt hatte, es als wahr hinzunehmen. Es ist wahr.

Nun denn – was dann folgte, hat Ihnen Micky leider vorenthalten. Nicht ohne Grund, wie Sie gleich bemerken werden.

Als Miß Syrington mir nämlich nicht sofort öffnete, ging ich, um jedes Mißverständnis zu vermeiden, wieder in mein Zimmer zurück. Durch einen Spalt der nicht völlig geschlossenen Tür sah ich, wie Micky vor Cymbelines Tür stehen blieb, die plötzlich von innen geöffnet wurde. Er trat ein, und ich ging wieder an meine Arbeit, ohne meine Zimmertür zu schließen. Die Nützlichkeit dieser Maßnahme wurde mir bald bewußt. Nach vielleicht zwei Minuten sah ich, wie die Tür von Cymbelines Zimmer wieder vorsichtig geöffnet wurde. Micky trat auf die Schwelle, blickte nach der Treppe und, da er alles leer fand, verschwand wieder in Cymbelines Kammer. Gleich darauf kam er wieder heraus. Mir stockte der Atem. Auf seiner Schulter lag Cymbeline. Leblos hingen Kopf und Arme über seinem Rücken herab. Micky klinkte die Tür vorsichtig zu und trug sein Opfer die Treppe hinab. Fragen Sie ihn, wo er es verborgen hat. Dort graben Sie nach, und Sie werden die unglückliche Cymbeline finden!"

Der Klavierstimmer blickte uns auffordernd an. Meine Knie zitterten. Er stützte mich und geleitete mich auf einen Stuhl. Aller Augen hatten sich inzwischen auf Micky gerichtet. In der Tat, mit ihm war in diesen wenigen Minuten eine schreckliche Veränderung vor sich gegangen. Sein Gesicht war dunkelrot vor Wut, er rieb die Zähne gegeneinander, was unbeschreiblich grausam klang, und ballte die Fäuste. Aber unerwartet wurde dem Mörder Hilfe zuteil.

Dupin nämlich, der bisher schweigend am Kamin gelehnt hatte, wandte sich an den Klavierstimmer und sagte: „Sie haben eine Kleinigkeit übersehen, Verehrtester: die verschlossene Tür. Ich habe bisher noch niemals jemanden durch eine verschlossene Tür gehen sehen – es seien denn", fügte er mit einem anzüglichen Lächeln hinzu, „bestimmte okkulte Erscheinungen, die im Bereich wissenschaftlicher Strenge nichts zu suchen haben."

Der Klavierstimmer nickte Dupin freundlich zu: „Ich bin ganz Ihrer Meinung. Aber in diesem Falle – –"

Er brach ab und schwieg.

Sein Schweigen wurde peinlich. Ich räusperte mich. Er sah mich an: „Das eben ist die falsche Prämisse von Mr. Dupin. Seine Überlegungen beruhten auf der Voraussetzung, die Tür sei von innen verschlossen gewesen. Aber, meine Herren – die Tür war gar nicht verschlossen!"

Wir sprangen auf.

„Weder von innen noch von außen", fügte er hinzu.

„Aber – –", stammelte ich, „aber ich – – ich sah doch, wie Micky an der Tür rüttelte und – sie war verschlossen!" rief ich fassungslos und erregt und fühlte, wie sich plötzlich ein tiefes Mißtrauen gegen den Klavierstimmer in mir festsetzte. Und noch einmal bekräftigte ich: „Die Tür war verschlossen!"

„Natürlich war sie verschlossen", sagte auch Micky. „Sonst hätte ich sie ja nicht aufzubrechen brauchen."

„Natürlich!" wiederholte ich.

Der Klavierstimmer forderte uns auf, ihn in den ersten Stock zu begleiten.

Als wir vor Cymbelines Tür standen, steckte er von außen den Schlüssel ins Schloß, sperrte die Tür ab und bat dann Micky, an der Tür zu rütteln. Micky tat es lange und ausgiebig, indem er die Klinke in raschem Tempo auf- und niederdrückte und nach Kräften an der Tür, die sich nach außen, also uns entgegen, hätte öffnen müssen, zog. Dann winkte der Klavierstimmer ab und schloß die Tür auf. Er bedeutete Micky, er möge noch einmal an der Tür rütteln, und natürlich sprang sie, nachdem Micky die Klinke niedergedrückt und die Tür an sich heranzuziehen versucht hatte, sofort auf.

„Nicht doch so“, bemerkte der Klavierstimmer sanft. „Sie müssen es so machen wie vorhin – als Sie mit Mr. Syrington hier standen.“

„Ich verstehe Sie nicht“, sagte Micky heiser.

„Nun, dann will ich es Ihnen vormachen.“ Er klinkte die Tür wieder ein, ohne sie zu verschließen. Dann rüttelte er an ihr – wir sahen uns an und schauderten. Die Tür ging nicht mehr auf!

„Sie haben Sie verschlossen!“ rief ich, „durch irgendeinen Trick!“

„Bitte –“, erwiderte er. Ich ging zur Tür. Sie ließ sich sofort öffnen.

„Meine Herren“, sagte der Klavierstimmer, „bisher stand Aussage gegen Aussage. Ob Sie meine Beobachtung, daß Micky die Tote fortgeschleppt hat – nachdem er sie unzweifelhaft ermordet hatte –, glauben oder nicht, darauf habe ich keinen Einfluß. Wir waren uns ja darüber einig, daß nur die Tatsachen, die durch mindestens zwei Aussagen bestätigt sind, das Gewicht von Beweisen haben können. Die Tatsache der offenen Tür aber ist von zwei Augenzeugen belegt.“

„Mit dem zweiten meinen Sie wohl mich?“ fragte ich. „Ich sagte Ihnen doch aber, die Tür war verschlossen, als Micky daran rüttelte.“

„Nun, ich werde Sie sogleich darüber aufklären, daß Sie mehr wissen, als Sie zu wissen glauben. Jawohl, Sie haben durchaus richtig gehört. Wenn man einst dem Spruch des Sokrates ‚Ich weiß, daß ich nichts weiß‘ so viel unverdientes Gewicht beigelegt hat, so wäre es heute endlich an der Zeit, ihn umzukehren und zu sagen: ‚Ich weiß nicht, daß ich weiß.‘

Bitte, meine Herren, halten Sie Ihre Augen offen! Beobachten Sie! Die verblüffenden Leistungen großer Detektive beruhen weder auf genialer Intuition noch auf einer übermenschlichen Logik. Es gibt ja bekanntlich nur eine einzige Logik, der sich alle Menschen in gleicher Weise bedienen. Ungleich aber, oder besser gesagt, ungleich entwickelt ist die Beobachtungsfähigkeit der Menschen. Alle bedeutenden Detektive waren gute Beobachter."

„Alle bedeutenden Detektive?" fragte ich gereizt.

„Ich bin Detektiv", antwortete er bescheiden.

„Sie sind – – Detektiv?"

„Ja. Ein Musiker mit Liebe zur Kriminalistik. Wenn Sie gestatten: Holmes ist mein Name."

„Holmes?" schrie ich. „Sherlock Holmes?"

„Derselbe."

„Aber – – der ist doch – nur eine Romanfigur", flüsterte ich kraftlos.

„So?" fragte er bissig. „Wenn alle realen Personen so viel Realität und ein solch ewiges Leben hätten wie ich – – dann wäre unser Stern wahrscheinlich schon an Überbelastung in die Tiefe gestürzt."

Ohne sich auch nur in die geringste akademische Erörterung über die Unsterblichkeit einzulassen, wandte er sich mit einer galanten Verbeugung an seinen Kollegen Dupin: „Der Schüler des großen Privatdetektivs Dupin, wenn auch, haha-ha, schließlich eigene Wege gehend, nicht wahr?"

Dupin lächelte sauer: „Das ist der Lauf der Welt", bemerkte er.

Holmes trat wieder zur Tür: „Wollen Sie bitte aufmerken. Ich schließe jetzt die Tür zu und rüttele. So. Und jetzt schließe ich auf – bitte überzeugen Sie sich, man kann sie öffnen. Ich klinke sie wieder ein, Mr. Syrington, Sie sind so freundlich, sie selbst zu verschließen – und nun rüttele ich wieder. Nun, meine Herren?"

Auch ich erhob jetzt die Hand, als ob ich auf der Schulbank säße: „Die Körperhaltung eines Menschen, der an einer Tür rüttelt, verändert sich –“, sagte ich erregt.

Holmes sparte nicht mit Beifall. „Richtig!“ ermunterte er mich. „Sie verändert sich, wenn – –?“

„Wenn die Tür offen oder verschlossen ist“, sagte ich benommen. „Wer an dieser tatsächlich verschlossenen Tür rüttelt, steht aufrecht, wenn nicht sogar etwas nach rückwärts geneigt. Er zieht ja mit der ganzen Wucht seines Körpers an einem Gegenstand, der ihm Widerstand leistet. Wer aber an der unverschlossenen Tür rüttelt –“

„Zum Schein rüttelt!“ warf Holmes ein, „um vorzutäuschen, sie sei verschlossen.“

„der“, setzte ich ruhig fort, „verlagert sein Schwergewicht nach vorn. Er neigt sich vornüber, lehnt sozusagen die ganze Last seines Körpers gegen die Tür, um zu verhindern, daß sie beim Niederdrücken der Klinke aufspringt.“

„Bravo!“ sagte Holmes. „Sie sehen, meine Herren, die logischen Übungen sind für die Katz, wenn sie nicht auf dem Fundament einer gewissenhaften Wahrnehmung und Beobachtung beruhen. Als ich Micky mit der toten Cymbeline aus diesem Zimmer kommen sah, hatte ich in der Erregung des Augenblicks nicht darauf geachtet, ob er die Tür hinter sich schloß. Er konnte sie aber auch gar nicht verschlossen haben, weil der Schlüssel ja von innen steckte. Aber als Sie mit Micky hier oben erschienen und Micky an der angeblich verschlossenen Tür zu rütteln begann, sah ich an seiner vornübergeneigten Körperhaltung, daß die Tür niemals verschlossen sein konnte. Daß er uns täuschte!“

Damit hatte Holmes sein Plädoyer beendet, aber sogleich hakte Dupin ein. Ich fürchtete, es würde sich ein gereizter Disput zwischen Lehrer und Schüler – ehemaligem Schüler – ergeben, aber glücklicherweise wandten sich beide praktischen Folgerungen zu.

„Was wollen Sie eigentlich damit beweisen?“ fragte Dupin geradeheraus.

„Daß Ihre Prämisse falsch war. Ist aber die Prämisse objektiv unwahr, ist es auch die Schlußfolgerung. Ihre Schlußfolgerung machte mich zum Mörder Cymbelines. Ihre Schlußfolgerung ist, wie ich bewies, falsch. Also kann ich niemals der Mörder sein.“

Aber Dupin gab sich noch nicht geschlagen. „Ein Sessel fiel um“, sagte er. „Er fiel um, als sich Micky bereits wieder unten befand.“

„Nun“, erwiderte Holmes leichthin, „diesen Sessel warf ich selbst um, als ich in Cymbelines Zimmer war – nachdem der Mord geschehen war. Es war dunkel, ich stieß an den Sessel, er fiel um.“

„Sie waren – – im Mordzimmer?“

„Ich sagte es.“

„Wozu erzählen Sie uns dann die Geschichte von der typischen Körperhaltung beim Rütteln an einer offenen Tür?“ fragte Dupin erregt.

„Dann wußten Sie doch sowieso, daß das Zimmer nicht verschlossen war!“

„*Ich* wußte es. Aber *Sie* wußten es nicht. Ihnen mußte ich es ja beweisen, ich brauchte doch einen zweiten Zeugen!“

„Und aus mir machen Sie einen Mörder!“ schrie Micky. „Aber ich werde Ihnen beweisen, daß Sie sich irren! Ja, das werde ich Ihnen beweisen! Und noch viel mehr werde ich beweisen! Nämlich, daß alle Ihre Theorien Humbug sind, liberales Geschwätz, 19. Jahrhundert!“

Er hielt inne. Sein rosiges Jungengesicht hatte einen finsteren Zug bekommen. Ein metallischer Glanz vereiste seine graugrünen Augen, der Mund wurde schmal wie ein Messer.

„Weichen Sie nicht aus!“ schrie ich zurück. „Sie sind der Mörder! Schlichen sich ein in ihr Vertrauen, um sie dann – – geben Sie es doch endlich zu! Sie sind ja längst überführt!“

„Oho!“ grinste Micky. „Beweise!“

Dann schien er sich zu besinnen und wurde ruhiger. „Na schön“, sagte er, „es stimmt, ich war in ihrem Zimmer.“

„Na also“, sagte ich befriedigt.

„Ihr war unwohl – –“

„Unwohl, hehehe, unwohl“, Bugge kicherte plötzlich und blickte Micky scharf an. „Ein Fall von Migräne, was?“

Zuerst sah es aus, als wollte sich Micky auf Bugge stürzen, sein Körper bog sich wie eine Sehne, aber dann antwortete er gleichmütig: „Sie hatte sich den Magen verdorben. Durch gegorenen Himbeer-Sirup.“

„Wodurch?“ fragte ich verständnislos.

„Durch Himbeer-Sirup. Der war schon gegoren. Sie hatte es nicht gemerkt und davon getrunken. Nach dem ersten Schluck – – jedenfalls hatte sie voller Ekel ausgespien und – Na, Sie sahen ja die roten Flecke auf dem Teppich.“

„Dann ist das kein Blut?“

„Nein, Himbeer-Sirup. Lecken Sie mal dran. Es ist Sirup.“

„Jedenfalls hatte Cymbeline schreckliche Magenkrämpfe“, setzte Micky seinen Bericht fort. „Sie wollte an die frische Luft. Aber da ihr schwindlig war, bat sie mich, sie hinunterzutragen. Das tat ich.“

„Halt!“ rief ich. „Das klingt zwar ganz überzeugend. Aber warum verheimlichten Sie uns das? Warum logen Sie, sie hatte sich eingeschlossen?“

Ja“, sagte Micky, „ganz einfach: Cymbeline wollte Sie nicht beunruhigen.“

„Aber das ist doch völlig unlogisch“, sagte ich verzweifelt. „Die Tatsache, daß sie sich angeblich eingeschlossen hätte, mußte uns doch viel mehr beunruhigen als –“

„Sicher“, sagte Micky. „Aber handeln wir denn immer so logisch? Ich jedenfalls habe Cymbelines Wunsch erfüllt und gesagt, daß sie – –“

„Schon gut! Erzählen Sie weiter!“

„Ich trug sie vor die Haustür. Sie lehnte sich an die Mauer und bat mich, sie etwas allein zu lassen. Was dann geschah, darüber wird Ihnen sicher Herr Bugge Auskunft geben."

„Ich?" fragte Bugge erstaunt.

„Ja, Sie. Als ich nämlich danach mit Mr. Syrington zu Cymbelines Zimmer hinaufging, folgten Sie uns. Aber plötzlich besannen Sie sich anders und traten in den Garten hinaus. Dort sind sie ihr begegnet, das steht jetzt für mich fest. Denn Cymbeline war ja nicht wieder in ihr Zimmer zurückgekehrt. Also stand sie noch draußen vor der Tür. Was haben Sie mit ihr gemacht?"

Er packte Bugge an den Schultern und schüttele ihn wie einen alten Teppich.

„Nichts", stammelte Bugge, „nichts. Gar nichts."

„Stand sie noch vor der Haustür?" fragte Micky hart.

„Ich weiß nicht – nein. Sie war fort."

„Du lügst!" brüllte Micky und – – „Würden Sie uns bitte einige Minuten allein lassen?" fragte er höflich.

„Ich weiß nicht", sagte ich. „Ist es unbedingt nötig?"

„Um der Wahrheit willen", antwortete er ernst. „Um der Wahrheit willen ist es notwendig."

Bugge wurde blaß. „Bleiben Sie doch hier!" jammerte er. „Bitte! Sie können mich doch nicht – – diesem – – diesem Vieh – ausliefern!"

Schweigend wandten wir uns ab.

„Der Richter bin ich!" rief Micky.

„Mitleid mit Mördern", antwortete ich, „mordet uns selbst."

Dann nahmen wir in meinem Arbeitszimmer Platz.

Die widerstreitendsten Empfindungen erfüllten mich. Bald hegte ich die sinnlose Hoffnung, Cymbeline könnte noch leben. Bald war es mir klar, sie war tot, ermordet.

Eine Viertelstunde düsteren Schweigens verging. Vergeblich suchte ich das Chaos meiner Gedanken zu ordnen.

Meine Frau war inzwischen aus ihrer Ohnmacht erwacht. Ich hatte sie, soweit ich es vermochte und in dem Umfang, wie ich es für ratsam hielt, mit dem Stand der Dinge vertraut gemacht. Nun saß sie neben mir, tränenlos vor sich hinstarrend.

Der Tee war längst kalt. Die Nacht draußen machte auch vor dem Zimmer nicht halt. Die Standlampe schnitt eine kleine Lichtinsel aus dem Meer von Finsternis heraus, und wir drängten uns dichter zusammen.

Zuweilen drangen unheimliche Laute zu uns. Sie kamen aus dem Keller. Dort war Micky mit dem Mörder beschäftigt.

Als Mann ästhetischer Bildung und feinsinniger Kultiviertheit verabscheue ich im allgemeinen die Brutalität, ob sie sich nun im Erwerbsleben als bedenkenlose Anwendung erpresserischer Geschäftsmethoden oder individuell als physische Roheit kundtut. Hier aber war ich gezwungen, eine Ausnahme zuzugestehen: Es ging um die Entlarvung eines Mörders.

Da war ein harter Stil notwendig.

Micky wandte mindestens den siebenten Grad an. Das Stöhnen seines Opfers, das nur durch schon atemlose Schreie unterbrochen wurde, drang durch die Kellerwände bis zu uns empor.

Meine Rückenhaut zog sich zusammen.

Dann erhob ich mich, ging hinaus und öffnete die Tür, die die Kellertreppe verschloß. Ich stieg zögernd hinab.

Unten angelangt, bot sich mir ein trauriger Anblick.

Bugge lag auf dem feuchten Steinfußboden, regungslos. Micky schwitzte.

Als er mich sah, sagte er: *„Ich hab' ihn so gut erwischt, daß ich ihm fast den Magen herausriß. Er klappte zusammen und spürte kaum noch, wie ich sein Gesicht in eine zerquetschte Tomate verwandelte."*

Dann hob er seinen Fuß und trat nach Bugge. *„Ich werde bei deiner Leichenöffnung dabei sein!"* schrie er, *„wenn sie dir die*

Gedärme herausschneiden. Und wenn keiner sich um deine Leiche kümmert, werde ich sie mir geben lassen und dich irgendwo an die Schweine verfüttern lassen.“

Bugge rührte sich schwach.

„Gehen Sie nach oben“, sagte Micky, „das hier ist nichts für Ihre Nerven.“

Ich hatte mich kaum wieder in mein Zimmer begeben und schweigend gesetzt, als Micky hereinkam, Bugge wie einen Sack übers Genick geworfen. Er ließ ihn auf den Fußboden fallen.

Bugge versuchte taumelnd aufzustehen. Auf den Knien kroch er zum nächsten Stuhl.

Jetzt erst konnten wir sein Gesicht deutlich erkennen, das heißt, wir konnten es gar nicht mehr erkennen. Das war kein Gesicht mehr, sondern ein verwüstetes blutiges Feld.

Bugge keuchte.

Da stand Micky schon wieder neben ihm. „Wiederhol es, du Schwein, wiederhol alles!“

Bugge rührte sich nicht. „Los!“ schrie Micky und versetzte ihm einen Faustschlag, „erzähl noch mal, wie du sie umgelegt hast!“

„Ich – – widerrufe“, flüsterte Bugge.

„Was?“ fragte Micky ungläubig, „du widerrufst?“

„Mein Geständnis – – wurde erpreßt – – durch – Gewalt.“

Dupin warf ein: „Durch Gewalt? Erpreßte Geständnisse haben keinerlei Wert, weder moralischen noch juristischen!“

„Natürlich durch Gewalt!“ höhnte Micky. „Glaubt ihr Idioten denn, daß man Verbrecher anders kleinkriegt?“

„Aber –“ , sagte Dupin. Er kam nicht weiter. Micky richtete sich in seiner ganzen wuchtigen Größe auf: „Ich bin das Gesetz und ich bin der Richter“, sagte er würdevoll. *„Am Ende gewinnt die Gerechtigkeit immer durch Kerle wie mich. Die Verbrecher stürzen sich rücksichtslos auf ihre Opfer. Und ich stürze mich rücksichtslos auf die Verbrecher.* Das ist ein Kreuzzug. Wollt ihr das Geheimnis des Terrors kennenlernen? Dann kommt zu mir, ich kenne es, ich beherrsche es, ich wende es an, ich, Mike Hammer, Privatdetektiv im Dschungel der Großstadt. Glaubt ihr vielleicht, die Polizei ist noch brauchbar bei uns? *Ich war bei Mordfällen dabei, ich hab' Kinder gesehen, die auf den Straßen vergewaltigt wurden. Ich sah zu, wie sie junge Menschen unter zertrümmerten Wagen hervorzogen, in denen Betrunkene am Steuer saßen, ich muß unter Gesetzen leben, die von einer Horde dummer Schweine gemacht wurden, die sich das Beste absahnen und den Rest den Menschen vorwerfen, von denen sie gewählt wurden.* Und die Polizei? Eine korrupte Bande, die sich von den größten Hyänen finanzieren läßt. Ich vertrete keine Interessen als meine eigenen. Von mir gibt es keine Adresse und keinen Lebenslauf, keine Vergangenheit. Ich bin der Richter, einsam in der Wildnis der Spielhöllen und Bordelle."

Ein Tiger im Urwald privater Schlächtereien – das war der Privatdetektiv Mike Hammer. Er hatte Bugge einfach „fertiggemacht", aber Bugge hatte sich schon soweit erholt, um sein Geständnis zu widerrufen.

Micky faßte es noch nicht. Bugge grinste ihn an: „Beinahe hätten Sie den einzigen Mann umgebracht, der den Mörder wirklich kennt."

Auf Mickys Gesicht erschien ein dümmlicher Ausdruck.

„Was denn", fragte er unsicher, „du willst doch nicht etwa behaupten, daß du – – mit dem Mord nichts zu tun hast?"

„Zu tun schon", sagte Bugge. „Aber nicht als Verbrecher, sondern als Verfolger des Verbrechens."

Dann erhob er sich mühsam, ging auf mich zu und verbeugte sich: „Bugge. Psychologe und Privatdetektiv. Gestatten Sie, daß *ich* den Fall übernehme, nachdem diese Herren Kollegen ihre Unfähigkeit öffentlich bewiesen haben."

Ich konnte nichts erwidern, so überrascht war ich. Der vierte Privatdetektiv in meinem Haus!

„Übrigens", setzte Bugge seine Rede, zu Micky gewandt, fort, „irren Sie sich, wenn Sie Ihre Methode für aktuell halten. Sie waren nie modern, mein Herr. Sie bedienen sich der ältesten Methode, einer Steinzeitmethode sozusagen, unwürdig unserer Zeit, genau so verachtenswert wie die Folter des Mittelalters, die Geständnisse erpressen sollte. Sie unterwerfen sich wohl den Leib Ihres Opfers, nie aber seinen Geist, seine Seele. Wie aber wollen Sie dann Verbrechen aufklären, die ja nichts weiter als seelische Explosionen, die Geburt eines Spiralnebels voll glühender Eruptionen sind?"

Wir blickten uns an.

Bugge machte mit seinem blutverschmierten Gesicht, aus dem uns zwei kühle spöttische Augen ansahen, einen halb unheimlichen und halb komischen Eindruck.

Unwillkürlich mußte ich lächeln, aber er schien es glücklicherweise nicht zu bemerken.

In heiligem Feuer fuhr er fort: „*Was ist denn ein Verbrecher? Das ist das Individuum in offenem Konflikt mit Moral und Gesellschaft, der Zusammenbruch sorgfältig aufgebauter Hemmungen und Verschanzungen, der Zusammenbruch der ganzen Kultur in einem einzelnen Menschen. Wir brauchen alles, was wir vom Seelenleben wissen, wenn wir eine solche Katastrophe verstehen wollen.*

Was ich sagen wollte, ist, daß das angebliche Mordmotiv der Kriminalromane und Polizeiberichte nur der äußere Anlaß ist, eine Fassade, die im Grunde genommen herzlich wenig besagt. Die wirkliche Ursache liegt tiefer; sie hat ihre Wurzeln in der Vorgeschichte des Mörders, vor allem in seiner Kindheit. Ich muß leider feststellen, daß ich mit euch Kriminalisten wenig zufrieden bin; ihr hört dort mit der Arbeit auf, wo sie ernstlich beginnen sollte, dort, wo sie tatsächlich interessant wird."

„*Und wo ist das nach Ihrer Meinung?*" fragte Micky gelangweilt. „*Was Sie da sagen, ist ja recht amüsant. Aber unsere Aufgabe ist es ja gerade herauszufinden, wer das Verbrechen begangen hat, nicht weshalb er es begangen hat. Wir müssen eine Fülle von Material und Indizien sammeln und haben keine Zeit, psychologische Abhandlungen zu verfassen. Der Witz liegt darin, daß die Sicherheit der Gesellschaft gewahrt wird und daß diese Sicherung so schnell und präzise wie möglich erfolgt ...*"

„*Sehr klug bemerkt*", sagte Bugge. „*Doch ist der Gesellschaft ja wohl nicht damit gedient, daß schnelle und präzise Kriminalbeamte Verbrechen aufklären, ohne daß man jemals versteht, was Verbrechen sind. Wäre es nicht besser, wenn man ein wenig von dem, was geschieht, verstünde, so daß man ein andermal das Schlimmste verhüten kann?*"

Nachdem Bugge sich dann etwas umständlich über Maßnahmen zur Verhütung des Verbrechens ausgelassen hatte, kam er auf den neuen Typus des Detektivs zu sprechen.

„*Wenn ich*", sagte er, „*Polizeibeamter wäre, dann würde ich einen ganz neuen Detektivtyp lancieren. Das heißt, eigentlich bin ich in meinem Fach als Psychoanalytiker schon Detektiv. Wenn ich vor die Aufgabe gestellt würde, ein Verbrechen aufzuklären, dann würde ich die Sache ganz anders anpacken als ihr Kriminalisten. Ich würde von der Arbeitshypothese ausgehen, daß der Verbrecher ein Mensch ist. Ein Wesen mit einem bestimmten Charakter, einer bestimmten Gruppe von Konflikten und einem bestimmten Verhalten gegenüber der Umwelt. Die moderne Psychologie hat uns gelehrt, daß alle Handlungen eines Menschen ihn selbst widerspiegeln. Wir glauben, daß wir aus Zufall handeln; in Wirklichkeit müssen wir dieses oder jenes tun; in der Regel ist gerade das ‚Zufällige' das Unausweichlichste. In den Spuren, die der Verbrecher hinterläßt – –*"

„Also doch Spuren", bemerkte Holmes befriedigt. „Ohne die kommen also auch Sie nicht aus."

„Unter Spuren verstehen wir beide nicht dasselbe", erwiderte Bugge. „*Ich werde Ihnen gleich erklären, welche besonderen Spuren ich damit meine. Ich sagte, in den Spuren, die der Verbrecher hinterläßt, würde ich versuchen, sein Spiegelbild zu finden. Ich würde die Details in seiner Tat so untersuchen, wie wir es mit den Symptomen der Neurotiker tun, die Symbolik in der Wahl seiner Mittel finden, die innere Notwendigkeit in seinem Vorgehen. Ich würde mir nach und nach ein Bild von seinem Charakter und seiner Konfliktsituation machen und mich dem Kreise der Verdächtigen zuwenden können, um es in einer Menge kleiner Finessen wiederzufinden: Gewohnheiten und Unarten, Interessen und Aversionen, Neigungen, Sprechversehen und Vergeßlichkeiten, Sprünge im Gespräch* –"

„Und welche dieser Interessen und Abneigungen und Sprünge im Gespräch haben Sie entdeckt?" fragte Dupin ironisch.

„Oh", erwiderte Bugge, „ich werde Ihnen meine Beobachtungen mitteilen. Zuvor gestatten Sie, daß ich mir die Spuren der Barbarei abwische."

Er ging ins Bad und kehrte, mit einigen Heftpflasterstreifen quer im Gesicht, sichtlich erfrischt zurück.

Er begann ohne Einleitung: „Der Mörder hat sich durch eine Fehlleistung verraten. Verzeihung, wahrscheinlich wissen Sie nicht, was das ist. Ich möchte es Ihnen an einem Beispiel erklären. Ein Chef hat seinen fünfzigsten Geburtstag. Einer seiner Angestellten will einen Trinkspruch ausbringen. Er tut es mit folgenden Worten: ‚Ich bitte Sie, auf das Wohl unseres Chefs aufzustoßen.' Sie lächeln? Wahrscheinlich erinnern Sie sich, daß auch Sie sich schon einmal in ähnlicher Weise ‚versprochen' haben."

„Und mit solchen Mätzchen wollen Sie ernsthafte kriminalistische Arbeit betreiben?" fragte Holmes ungeduldig.

„Einen Augenblick bitte, Mr. Holmes. Fragen wir uns, was ging bei diesem scheinbar so harmlosen Versprechen vor sich? *Hier wird eine feierliche Stimmung unerwarteterweise durch das Eindringen eines Wortes gestört, das eine unappetitliche Vorstellung erweckt, und wir können nach dem Vorbild gewisser Schimpf- und Trutzreden kaum anderes vermuten, als daß sich eine Tendenz zum Ausdruck bringen will, die der vorgeschobenen Verehrung energisch widerspricht und etwa sagen will: Glaubt doch nicht daran, das ist nicht mein Ernst, ich pfeif auf den Kerl …*

Diese Fehlleistungen sind nicht Zufälligkeiten, sondern ernsthafte seelische Akte, sie haben ihren Sinn, sie entstehen durch das Zusammenwirken – vielleicht besser: Gegeneinanderwirken zweier verschiedener Absichten.

Der Sprecher hat sich entschlossen, die störende Tendenz nicht in Rede umzusetzen, und dann passiert ihm das Versprechen, d. h., dann setzt sich die zurückgedrängte Tendenz gegen seinen Willen in eine Äußerung um, indem sie den Ausdruck der von ihm zugelassenen Intention abändert, sich mit ihm vermengt oder sich geradezu an seine Stelle setzt. Dies ist also der Mechanismus des Versprechens.

Und was für das Versprechen gilt, gilt auch für das Verhören. Wir hören etwas anderes, als wirklich gesagt worden ist. Das heißt, wir wollen es unbewußt anders hören, und was wir dann zu hören glauben, das entlarvt uns."

Bugge blickte uns erwartungsvoll an. Aber niemand wußte etwas mit seinen verschrobenen Enthüllungen anzufangen, keiner begriff, was sie mit dem Mord an Cymbeline zu tun haben sollten.

„Nun", sagte Bugge seufzend, „passen Sie bitte genau auf."

Er wandte sich an Holmes: „Wenn ich mich recht erinnere, hatten Sie längere Zeit hindurch immer nur drei Tasten angeschlagen."

„Ja", erklärte Holmes bereitwillig. „Die d-Taste, darauf das e und das g."

„Vortrefflich", erwiderte Bugge befriedigt. „Diese drei Tasten, nacheinander angeschlagen – bilden sie nicht das, was man in der Tonlehre als Dreiklang bezeichnet?"

„Aber mein Herr", sagte Holmes in vorwurfsvollem Ton, „der Dreiklang besteht doch aus den Tönen c – e – g."

„Richtig, natürlich", verbesserte sich Bugge, „c – e – g bilden den Dreiklang, selbstverständlich. Und die Töne d – e – g, die also, die Sie vorhin fortwährend angeschlagen hatten, fügen die sich auch zu irgendeiner Einheit zusammen?"

„Nein", antwortete Holmes. „Diese drei Töne bilden keinerlei Einheit, keinen Zusammenhang. Sie sind, würde ich sagen, zufälliger Natur, willkürlich gewählt. Das heißt, natürlich wählte ich sie in diesem Falle nicht willkürlich. Denn diese drei Saiten waren verzogen und mußten gestimmt werden."

„Das interessiert hier nicht", unterbrach ihn Bugge. „Wir wollen also festhalten: c – e – g, die Vielheit dieser Töne, ihre Dreiheit, fügt sich zu einer Einheit, dem Dreiklang.

Der Mörder hörte während unseres Knobelns das Anschlagen der drei Töne d – e – g. Diese drei Töne beschäftigten ihn, und zwar beschäftigten sie ihn ganz außergewöhnlich. Ich beobachtete, daß er während des Knobelns stets drei Hölzchen wählte – bitte beachten Sie das. Es kennzeichnet den Zwang, unter dem er handelte, den seelischen Zwang unter einem notwendigen und unentrinnbaren Motiv.

Ich wiederhole: Der Mörder hörte die drei Töne d – e – g. Aber er *verhörte* sich. Eine verborgene Tendenz seines Unterbewußtseins verwandelte die zufällige Tonfolge d – e – g in die geschlossene Ordnung des Dreiklangs c – e – g. Woher ich das weiß? Weil er selbst während des Spiels beiläufig sagte: Ich liebe die Drei – den Dreiklang. Glauben Sie nicht, er habe die zufällige Tonfolge mit dem Dreiklang nur aus mangelndem musikalischem Empfinden verwechselt. Er ist musikalisch begabt, und er selbst hat uns das bestätigt, das wissen Sie, Mr. Syrington, genau so gut wie ich. Wenn es also keine zufällige Verwechslung, kein Mißverständnis aus musikalischer Einfühlungslosigkeit war, was war es dann? Ein Zwang, meine Herren, eine unterbewußte Absicht. Warum aber ersetzte das Unterbewußtsein das tatsächlich angeschlagene d durch das vermeintlich gehörte c? Warum wurde es durch das nie ertönte c so schrecklich und magisch angezogen, daß sogar das wache Bewußtsein, das musikalische Wissen so übertölpelt werden konnte? Welche geheimnisvolle Gewalt übte gerade dieses c aus? Ich war mir klar, das c mußte symbolische Bedeutung haben, es mußte stellvertretend sein für einen gewaltigen, alles überflutenden Affekt.

Das Symbol ist ein unentbehrliches Hilfsmittel in unserm Dasein; jedesmal, wenn unsere Triebe zu gefährlich werden oder unmöglich zu befriedigen sind, nehmen wir unsere Zuflucht zum Symbol. Damit wird erreicht, daß wir uns selbst bluffen, was unbedingt notwendig ist, wenn wir eine Art seelischen Gleichgewichts aufrechterhalten wollen. Das Bewußtsein darf nie wissen, was das Unterbewußtsein tut. Das Symbol verbirgt dem bewußten Auge unsere wirklichen Absichten und befriedigt gleichzeitig den unbewußten Trieb. Ein genialer Kompromiß. Wir leben in einer Welt der Symbolik, und last not least findet man die Symbolik auch im Verbrechen wieder.

Nun ist ja bekannt, mit welch einfachen Mitteln das Unterbewußtsein zu symbolisieren, also eine Gestalt durch eine andere auszudrücken pflegt – Symbolisierungen übrigens, denen wir auch im Alltag auf Schritt und Tritt begegnen.

Womit kennzeichnen wir z. B. unser Eigentum? Ein Taschentuch, ein Handtuch? Womit drücken wir aus, daß wir und niemand anderes der Absender eines Briefes sind? Indem wir Taschentuch, Handtuch, Briefumschlag mit den Anfangsbuchstaben unseres Namens kennzeichnen. Die Initialen stehen für den ganzen Namen – was Verliebte beweisen, die jene beiden Buchstaben als Sinnbild ihrer Persönlichkeit auf Parkbanklehnen und in Buchenrinden verewigen. Stehen die Anfangsbuchstaben für unsern ganzen Namen, so der Name also für uns selbst.

Von diesen Überlegungen ging ich aus. Was bedeutete jenes geheimnisvolle c, das nie angeschlagen, wohl aber gehört wurde? C – das ist Cymbeline!

Cymbeline! Und e und g – das sind die Initialen ihrer zwei andern Vornamen Evelyn und Gwendolyn! Cymbeline war es, die Leidenschaft zu ihr, die den Mörder sich *verhören*, sich verraten ließ! Der Mörder empfand eine wahnsinnige, alles übertönende Liebe zu Cymbeline. Aber er hatte sie verdrängt. Und verdrängt war sie worden, weil sie sich öffentlich nicht zeigen, nicht ausleben und entfalten konnte, denn Cymbeline war ja bereits sozusagen verlobt, war schon gebunden.

Das führte mich zu einer weiteren Überlegung. Der Mörder wagte es nicht, um den Gegenstand seiner Liebe zu kämpfen. Warum nicht? Er war seiner selbst unsicher."

„Gestatten Sie", warf Dupin ein, „woher wissen Sie das?"

„Ich werde es Ihnen erklären", antwortete Bugge bereitwillig. „Sehen Sie, ein Mann liebt ein Mädchen. Er weiß, sie ist nicht mehr völlig frei, aber sie zu erringen würde auch noch keine völlig unüberbrückbaren Hindernisse bereiten. Und er kämpft trotzdem nicht um sie – verstehen Sie?"

„Nein", sagte Dupin. „Womit wollen Sie denn das beweisen?"

„Aus der Tat. Ein solcher wahnsinnig liebender Mann hätte auch den wahnsinnigsten Preis nicht gescheut, die Geliebte zu erringen, selbst nicht den Preis eines Mordes – selbst nicht die Ermordung seines Nebenbuhlers, der seinem Glück im Wege stand."

„Aber erlauben Sie!" rief Dupin, „Sie entwickeln ja barbarische Theorien! Wenn nun jeder Mensch seinen Begierden und Trieben freien Lauf ließe – das wäre ja Anarchismus, Kampf aller gegen alle, sozialer Krieg und Mord und – –"

„Gewiß", sagte Bugge höflich, *„das gestehe ich Ihnen zu. Unser Unterbewußtsein befindet sich aber leider noch auf dieser primitiven Stufe. Denken Sie an Ihre Träume. Was sind denn unsere Träume mit ihren diabolischen Grausamkeiten und scheußlichen Perversionen? Nichts als eine regelmäßige Wiederkehr unseres Unterbewußtseins in einen früheren, abgelebten und abgelegten Entwicklungszustand der Gesellschaft, in einen Zustand absoluter Freiheit der Triebe und Triebbefriedigung."*

„Und das streben Sie wohl an?“ fragte Dupin höhnisch. „Das möchten Sie wohl aus den Menschen machen, hemmungslose Triebwesen, die sich austoben wie wilde Tiere?“ Dupin schleuderte diese Frage wild heraus. Dupins Augen sprühten Zorn: „Dafür danke ich, mein Herr!“

Bugge lächelte. Er lächelte mit der Überlegenheit eines Irrenarztes, der die seltsamen Verrenkungen seiner Patienten als etwas Selbstverständliches betrachtet und ihnen nachsichtiges Interesse entgegenbringt.

Er erwiderte: „Nein, Mr. Dupin, ich will gar nichts. Ich stelle nur fest. Ich decke auf, ent-decke, sozusagen als Ent-Decker, Detektiv der Seele. Und es ist mir sehr aufschlußreich, daß gerade Sie sich so heftig gegen das Bekenntnis zu Ihren Gefühlen wehren. Sehr aufschlußreich, mein Herr.“

„Was wollen Sie damit sagen?“ fragte Dupin gereizt.

„Was ich vorhin schon andeutete: Der Mörder wagte nicht, zu seinem Gefühl, seinem Begehren zu stehen. Hätte er das getan, wäre er den Weg gegangen, den wir in bedauerlich extremen Fällen solcher Art immer wieder begangen finden: Mord am Nebenbuhler.

Aber unser Mörder glaubte, da er sich seiner Liebe – und seiner selbst – viel zu unsicher war, daß auch die geglückte Beseitigung seines Nebenbuhlers nicht vermocht hätte, die Liebe Cymbelines zu erringen. Deshalb ging er den andern, den zweiten Weg, den der Schwächling geht, der von Minderwertigkeiten Zerfressene. Der tötet das, was er liebt, weil es kein anderer besitzen soll, weil ihm nur diese einzig mögliche, diese letzte mythische Vereinigung mit dem geliebten Gegenstand bleibt: die Vereinigung im Augenblick des Mordes, da Mörder und Opfer sich in einem metaphysischen Blitz des Erkennens nackt und wissend ins Antlitz schauen, Gefangene einer archaischen Tat. „Ja“, rief Bugge mit erhobener Stimme, „das ist das Geheimnis dieses Mordes! *Stellt einen glatten, oberflächlichen Zivilisationsmenschen in ein hartes*

Relief gegen Naturgrauen und Naturmystik; seht, wie gering der Abstand ist von der blankpolierten Oberfläche zur Angst und zum Archaischen im Menschen!“

Er stand da wie ein Seher der Vorzeit. Mit erhobener Hand wies er auf einen Mann in unserer Mitte: „Das war ein archaischer Mord – und Dupin verübte ihn!“

Dabei hatte sich sein Heftpflastergesicht blitzschnell zu Dupin gewandt. Mit seinen tief in die rosa Streifen eingebetteten Augen funkelte Bugge den Privatgelehrten an.

Dupin griff gelassen zur Teetasse, trank einige Schluck. Und murmelte: „Natürlich. Das war ja zu erwarten. Ich bin der einzige, auf den noch kein Verdacht gefallen war. Der noch nicht Verdächtigte war es – so lösen Kriminalschriftsteller ihre verworrenen Knoten. Originell, in der Tat, sehr originell.“

Ironisch lächelnd winkte er Bugge leutselig zu: „Wirklich, Ihr Plädoyer war interessant. Worauf doch die jungen Leute heutzutage alles verfallen – originell, wirklich sehr interessant! Und nun? Was weiter? Jetzt beginnt wohl alles von vorn? Vor den Augen des schmerzgebeugten Vaters soll wohl dieses verwerfliche Theater noch einmal abrollen? Ich verdächtige Holmes, Holmes überführt Hammer, Hammer erpreßt von Bugge ein Geständnis, und Bugge wirft sich auf mich! Das ist doch ein Hohn auf die Wahrheit! Es gibt nur eine Wahrheit, eine einzige, ungeteilte, so wie es nur eine Logik gibt, und die reine Logik beweist alles! Sie weist auf Holmes als den Mörder!“

„Sind Sie denn unbelehrbar?“ fragte Holmes erregt. „Das ist Fichtes Transzendental-Idealismus, den Sie da predigen! Der Geist schafft sich die Welt! Ihre Phantasie konstruiert sich auch eine Welt, eine absurde und verlogene Welt! Ich allein benutze die moderne Methode, wissenschaftlich verallgemeinerte Wahrnehmung, Empirismus der materiellen Spuren, Vertrauen auf unsere Sinne. Und diese Sinne und ihre wissenschaftliche Verallgemeinerung sagen mir: Hammer ist der Mörder!"

Hammer fuhr erregt empor: „Sie philosophieren! Ich philosophiere nicht! Ich schlage zu! Meine Methode entspringt dem Gesetz der modernen Gesellschaft, und das heißt: Krieg aller gegen alle. Jeder gegen jeden. Die Welt ein Schlachtfeld der Interessen. Und wo das Verbrechen zum System geworden ist, verstaatlichte Moral sozusagen, muß man es mit seinen eigenen Mitteln schlagen: mit brutaler Gewalt! Die Faust und die MP – das ist das einzige Kriterium der Wahrheit. Herr Bugge wird das bestätigen, der Mörder Bugge!"

Bugge lächelte schmerzlich und betastete seine Pflastermaske: „Plump, plump das alles, so plump. Plump der Transzendental-Idealismus der logischen Konstruktion, plump der positivistische Empirismus, plump die nackte Gewalt des dritten Grades. Sie alle interessiert der Mechanismus der Tat. Ich will etwas anderes: das Röntgenbild der Seele. Und dieses Röntgenbild des Mörders trägt den bürgerlichen Namen: Dupin. Er ist der Mörder!"

Nun folgte das Chaos. Alle vier schrien durcheinander, gestikulierten wild, zeigten aufeinander mit gespitztem Zeigefinger und – – In diesem Augenblick kam mir ein furchtbarer Gedanke! Das alles war Komödie! Jeder Verdacht hob sich selbst auf durch die Verdächtigung eines andern, jeder beschuldigte jeden, wusch sich selbst rein und relativierte die Wahrheit ins Unendliche!

„Ihr seid eine Bande!" schrie ich, „eine Verbrecherbande! Gemeinsam habt ihr Cymbeline umgebracht! Hier strotzt doch alles von Widersprüchen! Jeder arbeitet mit seiner Privatmethode, isoliert einzelne Seiten des Falles, verabsolutiert nebensächliche Ergebnisse und verdreht die Wahrheit! Und außerdem – Detektive wollt ihr sein?"

Ich packte den ersten bei der Schulter. „Du nennst dich Dupin? Den hat es nie gegeben, den hat sich Poe ausgedacht!

Genau so wie dich, Sherlock Holmes, den Doktor Doyle zusammenphantasiert hat! Und Micky, wer bist du denn? Bluttraum des Micky Spillane, des Großverdieners der amerikanischen Gangsterliteratur! Und dich, Psychoanalytiker Bugge, dich kenne ich auch!“

Ich eilte zu meinem Bücherregal und warf ihm zwei Hefte vor die Füße, Bernhard Borges „Nachtmensch“ und „Tod im Blausee“. „Hier lebt Bugge, in diesen Romanen – und du? Wer bist du denn? Ein Verbrecher, ein gemeiner Verbrecher, ein Mörder, ein – –“

Ich sank erschöpft auf meinen Stuhl. Es war zuviel für mich – in die Hände einer Mörderbande gefallen, ich, ein Vater und Wissenschaftler!

„O Gott“, flüsterte ich, „eine Bande. Aber warum habt ihr sie umgebracht? Warum? Was hat sie euch getan? Oder – –“, ein neuer Gedanke hatte sich meiner bemächtigt: „Wolltet ihr vielleicht *mich* treffen?“

Die vier brachen in ein höllisches Gelächter aus. Dann erhoben sie sich feierlich. Hammer trat auf mich zu, riß mir blitzschnell die Arme zurück und sagte: „Das Spiel ist aus, Syrington.“

Ich erbleichte.

Meine Frau stöhnte.

„Tja“, sagte Hammer. „Damit hast du natürlich nicht gerechnet.“

„Wer seid ihr?“ stammelte ich. „Was wollt ihr von mir?“

„Dich zur Strecke bringen“, antwortete Hammer. „Mörder!“

Meine Frau schrie auf.

Mich aber umfing eine wohltätige Ohnmacht.

Ein Guß kalten Wassers aus der Blumenvase weckte mich wieder. Verwirrt richtete ich mich auf. Noch immer umstanden mich die vier. Als Hammer sah, daß ich wieder wach war, sagte er: „Leider haben wir den Mord nicht mehr verhindern können."

Dann prasselten Fragen auf mich nieder. Die vier nahmen mich in ein erbarmungsloses Kreuzverhör: „Wann waren Sie heute mittag im Wald?"

„Mit wem?"

„Wohin gingen Sie mit Cymbeline?"

„Wer hat Sie gesehen?"

„Warum kamen Sie in Streit mit ihr?"

„Beschreiben Sie, wie Sie sie würgten!"

„Verlor sie sofort das Bewußtsein?"

„Wohin schafften Sie ihre Leiche?"

Ich konnte nicht mehr. Nur mit Mühe vermochte ich zu erklären, daß ich Cymbeline im Verlauf unserer Diskussion nur ein wenig am Hals gepackt hätte und dann allein zurückgegangen sei.

„Allein?"

„Also haben Sie die Leiche dort verscharrt?"

„Wo? Gestehen Sie endlich!"

Ich gestand nichts, weil ich nichts gestehen konnte. Was ich wußte, hatte ich bereits gesagt.

Aber sie ließen nicht locker.

Wieder begann Bugge zu bohren. Er suchte nach einem Grund für den Mord.

„Warum haßten Sie Cymbeline?"

„Aber ich hasse sie doch nicht. Ich liebe sie doch!"

„Aber Sie hatten Streit mit ihr!"

„Ja doch, natürlich –"

„Das ist gar nicht natürlich. Ich denke, Sie liebten Ihre Tochter?"

„Trotzdem kann man doch einmal anderer Meinung sein – in wissenschaftlichen und theoretischen Fragen ..."

„Zum Beispiel?"

„Zum Beispiel über den sittlichen Wert der Kriminalliteratur."

„Aha!"

„Natürlich!" schrie ich. „Darüber kann man sich doch streiten!"

„Soll ich Ihren Haß gegen die Kriminalliteratur psychoanalytisch erklären?" fragte Bugge.

„Soll ich den Schlamm an Ihren Schuhen erklären?" fragte Holmes.

„Soll ich Ihnen den Hergang der Tat schildern, wie er sich rein logisch ergeben haben mußte?" fragte Dupin.

„Sie haben nämlich Ihre Tochter bereits am See umgebracht!" sagte Hammer.

„Nein!" rief ich. „Sie haben doch ihre Schritte über uns gehört!"

„Niemand hat die Schritte gehört", sagte Hammer. „Nur Sie allein. Wollen Sie das immer noch leugnen? Der dritte Grad wird Sie zum Reden bringen!"

Er trat auf mich zu …

Wieder umfing mich eine noch wohltätigere Ohnmacht.

Als ich erwachte, waren die vier immer noch da. Sie umstanden mich reglos.

Unter ihnen befand sich Cymbeline!

„Das muß – ein Traum gewesen sein – alles", sagte ich schwach.

„Ein Traum?" fragte Bugge. „Das war kein Traum."

„Sondern hartgesottene Wirklichkeit", ergänzte Micky. „Wo ist denn – Ihr Heftpflasterverband, Mr. Bugge?"

„Entfernt."

„Und Ihre Wunden?"

„Ich war nie verwundet."

„Aber – – Ihr blutverschmiertes Gesicht – –"

„Himbeer-Sirup. Sie kennen ihn ja schon vom Teppich aus Cymbelines Zimmer."

„Und – – – Cymbeline?"

Cymbeline trat zu mir. „Ich war spazieren." Sie umarmte mich: „Du verzeihst mir doch, nicht wahr? Mutter wußte sowieso Bescheid. Es war alles – – nun, eine kleine Komödie, verstehst du? Ein Spiel."

„Um Himmels willen!" rief ich entsetzt, „Cymbeline! Mit solchen Dingen spielt man doch nicht!"

„Aber Paps –"

„Das heißt ja, mit Entsetzen Scherz zu treiben!" sagte ich. „Ich verstehe dich nicht! O doch, ich verstehe dich! Das kommt von dieser Lektüre, sie verroht dich, heute spielst du Mord und morgen – – o Cymbeline, Cymbeline!"

„Nun, es war notwendig, Paps. Bestimmt. Es war dir nicht gelungen, Abscheu gegen Kriminalromane in mir zu erwecken. Das weißt du ja inzwischen. Ich, als begeisterter Kriminalroman-Leser, wollte doch aber in den Pater-Brown-Klub eintreten! Doch ich wurde abgelehnt! Kannst du dir das vorstellen? Abgelehnt! Und weißt du, warum?"

„Keine Ahnung", sagte ich gleichgültig.

„Weil ich deine Tochter bin!"

„Weil du meine Tochter bist? Erklär dich deutlicher!"

„Weil ich die Tochter eines Feindes der Kriminalromane bin. Jedes Klubmitglied sprach deinen Namen nur mit Verachtung aus, weil du so kritisch über unsere Lieblingsbücher hergefallen bist. Als ich schließlich nicht locker ließ, sagte die Klubleitung – halt, du kennst sie ja noch gar nicht. Darf ich vorstellen: Mr. Theodor Pippingbroke, den du als Mr. Dupin kennst. Mr. Holmes heißt in Wirklichkeit David Collapsheart, und Mr. Bugge ist unser Vorsitzender Dick Soulseaver."

„Angenehm", sagte ich mit einem Anflug von Höflichkeit. „Und Micky?"

„Ja, Micky. Ich liebe ihn wirklich. Er hat ein sehr weiches Herz, Paps, du ahnst gar nicht, wie schwer ihm die Rolle als Mike Hammer fiel. Er ist zweiter Vorsitzender des Klubs und heißt Mike No-Iron. Also die Klubleitung, die ich dir soeben vorgestellt habe, erklärte, sie würde mich in den Klub aufnehmen – allerdings unter einer besonderen Bedingung, einer Bewährungsprobe: Ich müßte mich verpflichten, dich umzuerziehen."

Grimmig starrte ich Cymbeline an: „Mich umerziehen?"

„Ja, ich war mir aber von vornherein bewußt, daß ich diesen Auftrag nie allein erfüllen könnte. Die Klubleitung versprach mir Hilfe. Wir beschlossen nach einer gemeinsamen, fruchtbaren Diskussion, auch gemeinsam zu Werke zu gehen, einen Kriminalfall zu konstruieren und dich, lieber Vater, dabei vom Scharfsinn und vom Vergnügen seiner Aufklärung zu überzeugen. Ob uns das gelungen ist – ich weiß es nicht. Sei großzügig und verzeih uns. Wir hatten eine menschenfreundliche Absicht."

Ich war unschlüssig. Empörung, daß man mich zum Narren gehalten hatte, stritt sich mit Bewunderung über die Schürzung und Lösung dieses kriminalistischen Knotens, über den originellen Einfall dieser jungen Leute, die mit ihrer Freizeit anscheinend nichts Besseres anzufangen wußten, als solche Späße zu treiben. Nun, darüber zu richten war nicht meine Sache. Wahrscheinlich aber hätte ich meine Entscheidung vertagt, wenn sich nicht Bugge zu Wort gemeldet hätte.

„Nachdem unsere liebliche Cymbeline wieder heil und gesund in unserer Mitte weilt, werde einer der Unsrigen, Kollege Syrington."

Ich sah ihn fragend an.

„Die Beschäftigung mit der Kriminalliteratur befriedigt deinen Ehrgeiz, endlich gelesen zu werden. Was kann einen Schriftsteller mehr erfreuen, als im Herzen der Menschen zu leben?"

„Aber“, warf ich ein, „die moralische Verantwortung für die Anliegen unserer Zeit! Gesellschaftliche Umwälzungen, Atombombe und – –“

Holmes winkte ärgerlich ab. „Davon wollen wir doch nicht reden“, sagte er, „wir sind doch Gentlemen, meine Herren. Aber worauf ich viel nachdrücklicher verweisen möchte: Der Kriminalschriftsteller überdauert seine Zeit. Denken Sie an Poe, an Doyle. Sherlock Holmes lebt! Und er wird noch in hundert Jahren leben!“

„Gib's doch zu“, sagte Bugge beschwörend, „gib's doch zu, es macht dir Freude. Außerdem – die Kritik am Kriminalroman macht Sie wie geschaffen zum Schreiben von Kriminalromanen. Der Kritiker schafft ja nicht nur die Kritik über den Gegenstand, sondern der Gegenstand erzeugt auch seine Kritik in der Gestalt des Kritikers als Form seiner Selbstkritik. Ihre gesamte kritische Tätigkeit, Mr. Syrington, war eine einzige Lüge, war pure Heuchelei. Sie verbargen darunter Ihre verbrecherische Vorliebe für die Verbrecherliteratur, die Sie vor der Öffentlichkeit nicht zugeben wollten. In Ihrem Haß gegen die Krimis verbirgt sich Ihre heimliche Liebe zum Kriminellen, und das Kriminelle ist für Sie eine lustvoll-spannende Aufpulverung Ihres an großen Taten und Ideen so armen Lebens. Übrigens geht es uns genauso“, fügte er leise hinzu.

„Werde einer der Unsrigen“, wiederholten die fünf. Sie hatten es bestimmt als Sprechchor geübt, so gut klappte es.

So beschloß ich selbstkritisch, mein kritisches Leben aufzugeben, aus dem Reich der Negation zu emigrieren und ein positiver Schriftsteller zu werden.

Das war vor zwei Jahren, an einem frostigen Januartag. Seitdem habe ich drei Kriminalromane geschrieben.

Der erste, „Rhapsodie in Mord-moll“, machte Verleger und Publikum auf mich aufmerksam.

Der zweite, „Schäumende Lippen“, brachte mir einen Drohbrief Mickey Spillanes. Darin schrieb er, wenn ich nicht sofort davon ablassen würde, ihm Konkurrenz zu machen, würde er mir durch Mike Hammer die Haut durchlöchern lassen wie ein Sieb.

Da wußte ich, ich war auf dem richtigen Weg.

Mein dritter Roman, „Jugenderinnerungen eines kalten Mannes“, trug mir die Ehrendoktorwürde der Vereinigung für tiefere Parapsychologie und eine Auflage von 8 Millionen ein.

Das, freundlicher Leser, war mein Weg zum Kriminalschriftsteller, der mit seinen Werken einen bescheidenen Beitrag zum Fortschritt der Menschheit zu leisten hofft.

Nachbemerkung: Die unverschämte Verdächtigung eines Lesers, ich sei deshalb Kriminalschriftsteller geworden, weil das heutzutage ein Bombengeschäft sei, weise ich mit Bedauern und auf das entschiedenste zurück.

KAPITEL ZWEI

Kochrezepte

für Kriminalgerichte oder
wie man einen Kriminalroman schreibt

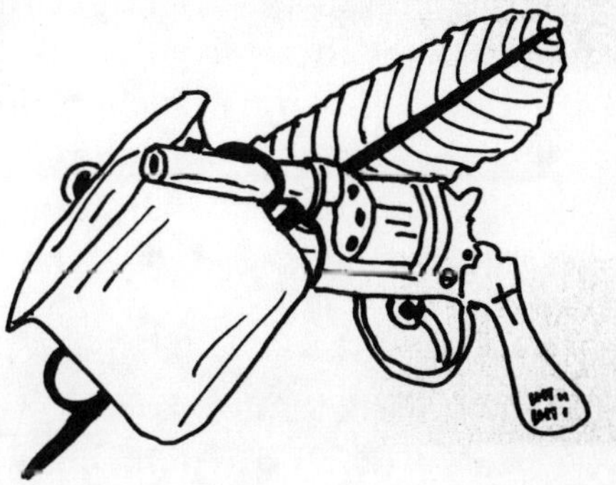

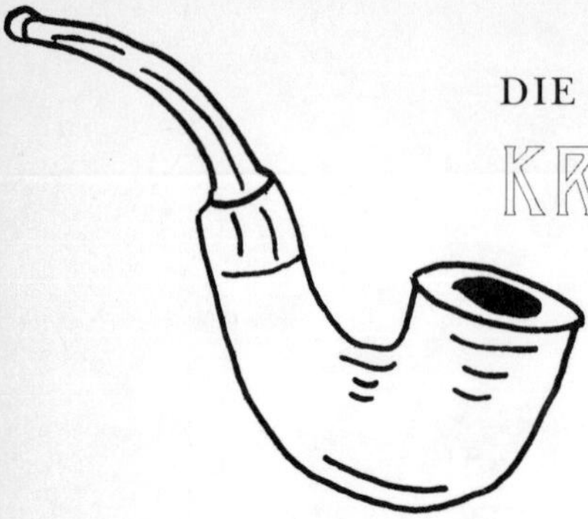

DIE QUALIFIZIERUNG ZUM
KRIMINALKOCH

Entsprechend unserem optimistischen Menschenbild sind grundsätzlich alle Menschen zu allem fähig. Auch Sie können deshalb ein erfolgreicher Kriminalkoch werden! Ihre Chancen sind größer, als Sie ahnen. Es gibt nämlich keine Konkurrenz. Denn was ein richtiger Dichter ist, der schreibt natürlich keine Kriminalromane.

Die erstklassigen Dichter empfänden ein solches Ansinnen als Zumutung. Hintertreppenliteratur schreiben? Sie plaudern lieber in den Salons, vor dem Kamin.

Die zweitklassigen Dichter möchten natürlich mal erstklassige werden. Das würden sie niemals, schrieben sie Kriminalromane, also lassen sie's lieber gleich.

Die drittklassigen können keine Kriminalromane schreiben. Warum? Ganz einfach, weil sie drittklassig sind. Um einen Kriminalroman zu erfinden, muß man schon erstklassig sein. Die erstklassigen Dichter aber empfänden das als Zumutung usw. usw.

Und jetzt schrecken Sie zurück. Sie sind kein erstklassiger Dichter. Sie fürchten, nie einen Krimi zustande zu bringen. Und deshalb komme ich. Ich will Ihnen helfen.

Ich habe den Meisterköchen von Kriminalgerichten ihre Tricks abgelauscht und biete sie Ihnen in Form leichtverständlicher Rezepturen an. Lesen Sie! Schreiben Sie! Millionen Leser werden es Ihnen danken!

WOZU DER

KRIMINALKOCH

VONNÖTEN IST

Wer mag Kartoffeln roh?

Wer begnügt sich statt einer Torte mit dem Verzehr ihrer Zutaten – Mehl, Eier, Zucker?

Wer verschlingt einen Salatkopf unzerkleinert und ohne Marinade? Erst die Kochkunst verfeinert die Roheit der Tatsachen. Das ist beim Kriminalkoch nicht anders.

Sähen sich Ihre teuren Leser der Roheit eines wirklichen Mordes gegenüber, sie würden sich entsetzt abwenden. Als ich zum ersten Mal an einer Obduktion teilnahm, drehte es mich weg. Aber schreiben – schreiben kann ich über die schlimmsten Dinge.

Das ist der Unterschied zwischen Wirklichkeit und Literatur. Im Roman verträgt der Leser alles. Er verdaut die blutigsten Tatsachen. Er blickt mit müdem Lächeln auf geplatzte Lippen, gebrochene Nasenbeine, eine durchlöcherte Brust.

Ihre Kochkunst hat die Roheit der Tatsachen gedämpft.

Ob Professoren, Studenten, Raumpflegerinnen, Hausfrauen, Ingenieure, Hausmeister, Zahnärzte, Soldaten, Manager – sie alle schätzen, wie sie sagen, am Kriminalroman das Logische. Das ist nur die halbe Wahrheit. Sie lieben auch alle Spielarten des Logischen: das Physio-Logische, das Psycho-Logische, das Patho-Logische, selbst das Techno-Logische des Mordes – wenn nur Ihre Kochkunst das alles gedämpft und genießbar gemacht hat.

Die Roheit der Tatsachen erschreckt. Die Kochkunst des Kriminalkochs erfreut.

Aperitifs

Der erfahrene Liebhaber geht nicht gleich aufs Ganze.

Er kitzelt diesen oder jenen Körperteil. Das macht neugierig auf mehr.

Der Esser geht auch nicht gleich in die vollen. Er kitzelt zuerst den Gaumen mit einem Aperitif. Das steigert die Lust auf mehr.

Was lernt der Kriminalkoch daraus?

Der Aperitif des Kriminalromans ist der erste Satz. Der muß Appetit machen auf ein opulentes Mahl.

Der Aperitif sollte dem Charakter der nachfolgenden Mahlzeit angemessen sein.

Der Aperitif kann prickeln wie Sekt: „Jeanette führte ihr Sektglas zum Mund, aber was sie für Kohlensäure hielt, war leider Blausäure."

Der Aperitif kann bitterem Wermut gleichen: „Endlich am Ziel, mein Geliebter, dachte Yvonne, als sich Richards Arm um ihren Hals legte – es war ihr letzter Gedanke."

Der Aperitif darf auch bittersüß sein wie ein Becherovka: „Am liebsten vergrub er seine Opfer unter Rosen, nahm aber, wenn sie nicht zur Verfügung standen, mit Vergißmeinnicht vorlieb."

Ich verweise auch auf die Möglichkeit eines absolut harten Aperitifs in Whisky-Art: „In der einen Hand hielt er Goethes ‚Faust' (Ausgabe von 1806), in der anderen Faust das Stilett: ein Mörder aus Büchersammelwut."

Merke: Der Kriminalkoch, der seinen Lesern den Aperitif vorenthält, läuft Gefahr, daß seine Gäste aufbrechen, ohne gespeist zu haben.

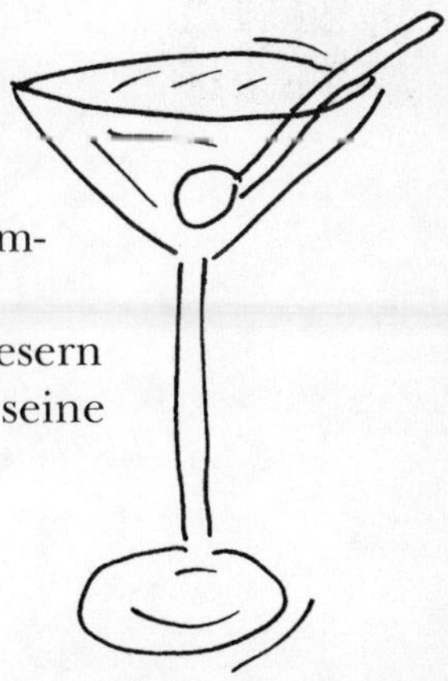

Vor-
speisen

Toast Barbar

Seien Sie erfinderischer als die deutsche Küche.

Mut zur Vorspeise!

Als Vorspeise empfehle ich Toast Barbar. Das Herzstück des Toast Barbar ist das Gehackte.

Zerhacken Sie das erste Kapitel Ihres Romans in lauter kleine Stücke. Die rühren Sie durcheinander. Der Mischmasch muß gerade noch als Gehacktes erkennbar sein. Sein Zusammenhang besteht aus dem Zusammenhanglosen:

Eine dicke Frau liegt erstochen auf ihrem Maisstrohteppich. Ein Papagei kreischt fortwährend: „Leo ist da." Aber kein Leo ist da. Die Westminsteruhr ist um 9.13 Uhr stehengeblieben. Die zertrümmerte Armbanduhr der Toten dagegen zeigt auf 9.11 Uhr. Das Marmeladenglas auf dem Küchentisch stammt von der Firma ‚Fallobst'. Der Finanzbuchhalter dort heißt mit Vornamen Leo.

Ein solches Herzstück regt bereits zu gewissen Schlußfolgerungen an. Der ungeübte Krimileser vermutet aufgrund der Bemerkung des Papageis und der Herkunft des Marmeladenglases in Leo den Täter.

Der geübtere Leser argwöhnt, daß das Rätsel des Falles in der Differenz der zwei Uhren liegen müsse.

Der geschulte Krimileser ahnt, daß der Papagei einem Hörfehler unterlegen ist und der noch unbekannte Täter Theo heißen müsse.

Lassen Sie vorläufig alle bei ihrem Glauben.

Krebs-Cocktail

Nehmen Sie sich den Krebs als Beispiel. Angeblich bewegt er sich nur im Rückwärtsgang vorwärts. Der Detektivroman bewegt sich genauso. Er wird von rückwärts her erzählt.

Also: das Ende steht am Anfang. Oder: das Pikanteste zuerst. Das Pikanteste am Kriminalroman ist der Mord. Der gehört ins erste Kapitel.

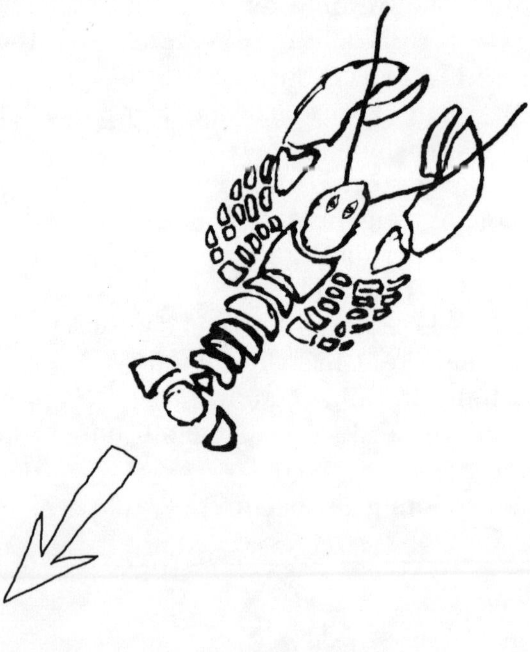

Sie denken sich eine originelle Geschichte aus, etwa: Ein Mann liebt zwei Frauen, seine eigene und eine andere. Die eigene ist älter als die andere. Oder die andere ist älter als die eigene. Das ergibt bereits interessante Konflikte.

Schließlich tötet er die ältere oder jüngere eigene, versteckt sie irgendwo und kriecht bei der älteren oder jüngeren anderen unter.

Merken Sie, wie der Plot die Gestalt einer Geschichte annimmt? Nun überlassen Sie die Führung der weiteren Vorgänge der übriggebliebenen Frau. Da sie entweder älter oder jünger als der mörderische Geliebte ist, ergeben sich tiefere psychologische Überlegungen: Leidet sie unter einem Vater- oder einem Mutterkomplex?

Je nachdem entstehen zwei weitere Möglichkeiten, die Geschichte fortzusetzen. Die ältere Geliebte wird, da sie selber unter einem Vaterkomplex leidet, ihrer Mutterrolle überdrüssig. Oder die jüngere Geliebte, die unter einem Mutterkomplex leidet, kann diesen an ihrem älteren Geliebten nicht befriedigen. In jedem der beiden Fälle entledigt sich die Geliebte nun ihres Liebhabers und …

Aber ich habe Ihnen wohl schon genug Anregungen für eine Geschichte gegeben.

Sie fangen jetzt einfach an. Und zwar beim Ende. Ein Mann wird in seinem Bett tot aufgefunden, vergiftet.

Es muß unbedingt im Bett sein. Das deutet bereits vorsichtig einen Bettkonflikt an.

Und es muß Gift sein. Das läßt einen Täter weiblichen Geschlechts vermuten.

Vom vergifteten Toten im Bett seiner irgendwo irgendwann versteckten Frau bis zu seiner Mörderin dröseln Sie die Geschichte von rückwärts auf.

So macht man das, im Rückwärtsgang wie der Krebs.

Suppen

Tarator

Wer sich am Schwarzmeerstrand von der Sonne rösten ließ, nimmt danach gern zur Abkühlung einen Tarator zu sich – eiskalte Suppe aus saurer Sahne, Gurke, Kräutern und Knoblauch.

Wer nicht eiskalt die heißesten Dinge erzählen kann, sollte überhaupt nichts erzählen. Ich hatte einen Kollegen, der sagte immer: mit Herzblut schreiben. Aber da sein Herzblut niemanden interessierte, ist es im Sand der Gleichgültigkeit versickert.

Herzblut!

Nein, eiskalt servieren. Wie den Tarator.

Ein schlechter Krimikoch liefert lauwarmen Tarator. Das liest sich dann so:

„Der Wald dehnt sich unendlich in die Ferne. Sonnenstrahlen blitzen schelmisch durch die Äste. Meine Frau schiebt ihren Arm in meinen, und untergehakt schwärmt sie von der Einsamkeit und der Stille dieses Sonntagsspaziergangs. Mir ist bei ihrer Berührung unbehaglich zumute. Wenn sie nun merkt, daß ich mit meinen Gedanken ganz woanders bin und fortwährend darüber nachgrübele, wie ich mich ihrer entledigen könnte, ohne daß man es mir beweisen kann? Aber wie? Wie könnte ich sie töten und ihren Körper so gut verbergen, daß niemand ihn findet?"

Das ist epischer Seelenschmus. Laues Geschwätz. Machen Sie's so: „Glücklicherweise merkt mir meine Frau nicht an, daß ich die Natur gegenwärtig unter etwas anderen Gesichtspunkten betrachte als sie. Ich halte Ausschau nach einer geeigneten Stelle, wo ich ihre Leiche für immer verschwinden lassen kann."

Tarator kalt servieren!

Jägersuppe

Jägersuppe essen die Jäger nach der Jagd. Denn sie wird aus Bestandteilen des erlegten Wildes bereitet, und die hat man ja vor der Jagd noch nicht zur Verfügung.

Sie ahnen schon, worauf ich hinauswill. Ich nehme die Jägersuppe nur zum Anlaß, um mich zur Jagd zu äußern.

Der Kriminalkoch sollte dem Leser immer wieder bewußt machen, daß er ihm mit seiner Jägersuppe einen Ersatz für die Jagd bietet, an der der Leser aus verschiedenen Gründen nicht teilnehmen kann:

1. weil er keiner Jagdgesellschaft angehört,
2. weil er kein Jagdgewehr besitzt,
3. weil er nicht die Nerven dazu hat, ein Jäger zu sein, und
4. weil er eigentlich ganz zufrieden ist, nur in der Phantasie mitzuschießen.

Aber halt, da wäre mir doch beinahe ein Denkfehler unterlaufen. Unsere Kriminalisten schießen doch nicht auf den Täter!

Also ich merke schon, der ganze Vergleich stimmt nicht. Der Täter hat was Schlimmes getan, deshalb wird er verfolgt. Der Rehbock aber hat nichts Schlimmes getan. Er ist lediglich auf die Abschußliste geraten, vielleicht aus Altersgründen.

Hingegen stimmt wieder das Bild der Treibjagd. So wie die Treiber den Ring um Hasen oder Hirsche schließen, schließt die Mordkommission den Ring um den Mörder, immer enger, bis sie ihn hat. Dabei ist es besonders belustigend zu sehen, wie der verfolgte Hase Haken schlägt, aber das nützt ihm ja nichts. Auch dem Täter nützt es nichts. Er wird schließlich doch gestellt.

Glauben Sie bloß nicht, ich spaße. In jedem zweiten Kriminalroman können Sie lesen, daß sich der Kriminalist als Jäger fühlt.

Also genieren Sie sich nicht.

Jägersuppe hat noch immer nichts von ihrer Beliebtheit verloren.

Nudelsuppe

Ob in der Kantine, Mensa oder im trauten Heim, montags gibt's Nudelsuppe.

Mit diesem Brauch sollte auch der Kriminalkoch nicht brechen, sonst erntet er nur Unverständnis.

Er sollte sich dabei streng an die Zutaten halten, die ebenso unverändert feststehen: Knochenbrühe, Salz, Nudeln. Statt Brühe ist auch Wasser zulässig.

Also merke: nicht zu üppig! Bescheiden, vorschriftsmäßig, fade, wie solche Nudelsuppen nun mal sind, gestalten Sie auch die Menschen im Kriminalroman, vor allem die Hauptfiguren.

Da wäre zuerst der Täter. Für ihn gibt es bewährte Rezepturen:

1. Er ist ein Einzelkind, das zu sehr verwöhnt wurde und nun auch als Erwachsener glaubt, alle Welt müßte ihn verwöhnen, selbst mit dem Tresorinhalt des zuständigen Postamts.
2. Er ist ein Außenseiter. Als solcher hat er merkwürdige Hobbys, beispielsweise die fixe Idee, ein perfektes Verbrechen zu schaffen.
3. Er ist kontaktarm. Kontaktschwäche ist ja an sich schon ein halbes Verbrechen, wo wir doch alle so kontaktfreudig sind. Der Weg zum ganzen Verbrechen macht dann nur noch die andere Hälfte aus.
4. Er hat perverse Neigungen. Darüber informieren Sie sich bitte in der einschlägigen Literatur.
5. Er ist arrogant. Denn in der Annahme des Täters, er könnte der Polizei entwischen, liegt eine ungeheure Verachtung ihrer Intelligenz, was nur als Arroganz zu bezeichnen ist.

Der Kriminalist ist die Gegenfigur zum Täter. Deshalb ist er auch in allem dessen Gegenteil.

Der Kriminalist ist kein Einzelkind. Deshalb hat er sich schon früh einzuordnen gelernt.

Der Kriminalist ist kein Außenseiter, denn er tritt stets im Kollektiv auf. Daß auch er ein merkwürdiges Hobby hat, nämlich jedes Verbrechen aufklären zu wollen, ist keine fixe Idee, er klärt ja tatsächlich jedes Verbrechen auf.

Der Kriminalist ist nicht kontaktarm, sonst könnte er nicht aus so vielen Leuten so viel herausholen, was diese Leute eigentlich gar nicht aus sich herausholen lassen wollen.

Er hat auch höchst normale Neigungen, weil er das moralische Antlitz unserer Gesellschaft verkörpert.

Er ist nicht arrogant, sondern nur selbstsicher.

Aber wie ich sehe, rede ich fortwährend von fünf Zutaten, während doch die Nudelsuppe nur drei braucht. Sie sehen daraus, wie reich und differenziert Ihr Kriminalroman sein kann.

Haupt-
gericht

Huhn – gekocht, gegrillt, paniert

In einem bestimmten Restaurant auf Mallorca können Sie täglich Huhn in dreierlei Gestalt speisen: gekocht, gegrillt und paniert.

Das regt zum Nachdenken an. Liegt in dieser Reihenfolge eine Steigerung des Genusses? Aber wieso soll paniertes Huhn besser sein als gegrilltes? Und für den, der zu Diät verurteilt ist, steht sowieso gekochtes an höchster Stelle. Ich jedenfalls kann in dieser Reihenfolge keine Rangordnung entdecken. Es sind verschiedene Arten der Zubereitung.

Auch Ihre Kriminalisten können Sie auf verschiedene Art zubereiten. Die eine muß nicht besser sein als die andere.

Gekochtes Huhn, pur sozusagen, ohne die geringste Raffinesse, das ist der altmodische Detektiv, ein phantasieloser Tatsachenmensch, orthodox und zäh wie ein altes, ausgekochtes Huhn. Einfach nicht kleinzukriegen!

Gegrilltes Huhn, dieses Produkt infraroter Bestrahlung, das ist der neumodische, auf Wissenschaft und Technik eingeschworene, fast schon computerhafte Rechercheur. Allerdings kann die knusprige Haut täuschen. Zu starke Einwirkung von Technik läßt den Menschen leicht verdorren.

Paniertes Huhn sieht schon von außen verlockend aus. Es gleicht dem supermodernen Detektiv, der sich modisch kleidet und zeitgemäße Gewohnheiten hat. Er trägt Bart, schläft gern mit seiner Freundin und hat unkonventionelle Ansichten über sehr konventionelle Dinge.

Suchen Sie sich einen Ihnen genehmen Detektiv aus. Wenn Sie ganz clever sein wollen, vereinen Sie alle drei zu einem Kollektiv. Der Leser kann sich dann aussuchen, welcher ihm am besten schmeckt.

Hähnchen provenzalisch

Da wir gerade vom Geflügel sprachen – ich empfehle Ihnen auch Hähnchen auf provenzalische Art.

Es wird zuvor in acht Teile zerlegt.

Sie wissen hoffentlich, wie man das macht. Mit der Geflügelschere? Na, das ist doch selbstverständlich. Aber ich meine nicht, womit, sondern wie.

Sie können doch nicht einfach drauflosschneiden!

Wirklich, Sie brauchen da schon gewisse anatomische Kenntnisse, um die Keulchen fachgerecht aus den Gelenkpfannen herauszulösen.

Auch als Kriminalkoch dürfen Sie nicht einfach drauflosschreiben.

Da sind ebenfalls einige Kenntnisse vonnöten.

Zum Beispiel müssen Sie wissen, daß ein Hauptkommissar mehr ist als ein Kommissar, ein Oberkommissar weniger als ein Hauptkommissar, aber wiederum mehr als ein Kommissar.

Und daß es bei uns keine Morduntersuchungskommission gibt. Sie heißt Mordkommission oder Sonderkommission.

Und wenn Sie schließlich informiert sind, daß Kohlenmonoxid kein Heizmaterial, sondern ein im Kriminalroman beliebtes Gift ist, sind Sie schon ganz schön beschlagen.

Daß Hypoglykämie nicht dasselbe wie Hyperglykämie ist, müssen Sie allerdings schon nicht mehr wissen, das weiß der Leser ja ebenfalls nicht. Zum Zerlegen eines Hähnchens wird schließlich kein medizinisches Vollstudium gefordert.

Weisse Bohnen mit Speck

Die feine bürgerliche Küche verschmäht dieses Gericht. Es gilt als trivial, weil

- die Zutaten so roh sind,
- die Zubereitung keiner Kunst bedarf und
- nach dem Genuß Blähungen nicht auszuschließen sind.

Die literarischen Feinschmecker tun gut daran, Kriminalgerichte abzulehnen. Denn der Kriminalroman

- beschäftigt sich mit so rohen und schmutzigen Dingen wie Raub, Erpressung, Vergewaltigung, Totschlag und Mord, die keineswegs in die gehobene Literatur gehören. Denn diese befaßt sich heutzutage mit den feineren Seelenregungen des entfremdeten Subjekts;
- ist so kunstlos. Er erzählt in logisch altväterlicher Weise Vorgänge, statt sie wie die eigentliche Literatur in mindestens sieben Zeitebenen, diverse Rückblenden, ironisierende Autorenkommentare, eingebaute Tonbandprotokolle und retardierende Reflexionen zu zerlegen;
- hat dazu noch üble Folgen, eine Art von Charakterblähung. Während die hohe Literatur ihre Menschen zu hoher moralischer Gesinnung erzieht, macht Kriminalliteratur die Leser kriminell.

Der Kriminalkoch möge also die berechtigten Einwände gegen dieses vulgäre Gericht bedenken.

Wollen Sie sich dieser Kritik jedoch nicht anschließen, sollten Sie ohne Skrupel Weiße Bohnen mit Speck auf die Speisekarte setzen.

Schnitzel nach Küchenmeister-Art

Es gibt Schnitzel à la Holstein, nach Wiener Art und wie's angeblich die Zigeuner machen. Die Krönung jeder Küchenkunst ist das Schnitzel nach Küchenmeister-Art. Das heißt, wie der Herr Chefkoch sein Schnitzel auf einmalige unverwechselbare Art und Weise zubereitet.

Seien Sie dieses Triumphs der Kochkunst stets eingedenk.

Die Krönung *Ihrer* Kochkunst wäre demnach ein Mord nach Küchenmeister-Art, einmalig und unverwechselbar.

Das kann nur ein sogenannter perfekter Mord sein.

Man nehme: einen Täter, dessen Intelligenzquotient nicht unter 90 liegen sollte.

Er sollte generell der Intelligenz angehören, aus zwei Gründen.

Ein Arbeiter schlägt schon mal, wenn er wütend ist, mit der Faust auf den Tisch. Ein Intelligenzler hat sich aus vielerlei bekannten Gründen zu beherrschen gelernt. Bei dem sammelt sich die Wut heimlich an. Das macht aggressiv.

Zweitens bedarf der sogenannte perfekte Mord einer sorgfältigen Planung. Also sollte der Täter mit Problemen der Planung nicht unvertraut sein. Abteilungsleiter planen, Wissenschaftler planen, Künstler planen. Sie alle sind also für die von Ihnen vorgesehene Rolle geeignet.

Man achte: vor allem darauf, daß der Täter seine Tat geschickt in die Raum-Zeit-Koordinaten einbaut, um sein Alibi zu sichern. Er kann dabei mit 180 durch die Nebelnacht rasen, ein Sicherheitsschloß mit der Haarnadel öffnen, die Leiche vom Tatort im Erzgebirge in den Harz verbringen – aber lassen Sie ihn bitte in dieser einen Viertelstunde nicht mehr als 45 Handlungen vollbringen (pro Minute drei), sonst verliert er an Glaubwürdigkeit.

Man vermeide: die Fehler, die dem Täter bei der Planung unterlaufen, dem Leser vorzeitig zu verraten. Fehler in der Planung stellen sich immer erst hinterher heraus, sonst würde man ja keine Fehler machen. Fehler aber muß der Täter machen, sonst würde er nicht erwischt. Bauen Sie also Fehler in den Plan ein.

Pläne scheitern meist am Zufall.

Bei der Suche nach einem Zufall müssen Sie nochmals besonders erfinderisch sein. Das kann eine der bei uns außerordentlich seltenen Zugverspätungen sein. Wodurch der Bahnübergang unvorhersehbar gesperrt ist und der Zeitplan des Täters durcheinandergerät. Das kann aber auch eine plötzliche Drüsenüberfunktion des Opfers sein, weshalb dieses sich nicht, wie geplant, um 18.03 Uhr in seiner Gartenlaube, sondern in der seiner Geliebten nebenan befindet, was den Täter zu einem Doppelmord zwingt, welcher unerwartete Weiterungen mit sich bringt.

Wenn Sie diese Hinweise und Weisungen beachten, bringen Sie ein einmaliges und unverwechselbares Kriminalschnitzel nach Küchenmeister-Art auf den Tisch.

Powideldatschkerln

Der Name verrät es schon: etwas ungemein Schnuckliges, mit einem kleinen Stich ins Süß-Sentimentale.

Sollten Sie Powideldatschkerln nicht kennen: gekochte Teigtaschen, mit Pflaumenmus gefüllt.

Dieses Gericht ist so süß wie ein Kriminalist weiblichen Geschlechts.

Sie werden es schon bemerkt haben: in unseren Kriminalromanen breiten sich die Kriminalistinnen aus wie eine Epidemie. Bald wird es keinen Krimi mehr geben ohne sie. Das ist auch verständlich.

Kriminalisten sind harte Burschen. Solcher Helden wird der Leser allmählich müde. Ihn verlangt nach weicheren Idolen.

Das kann natürlich nur eine Frau sein. Sie verbindet Scharfsinn mit Charme. Damit widerlegt sie zugleich den weitverbreiteten Glauben, Frauen könnten nicht logisch denken.

Deshalb darf ein Kriminalgericht nicht der Frauen entbehren.

Aber stellen Sie süße Frauen her! Die Powideldatschkerln des Kriminalromans!

Halten Sie sich dabei streng an die folgende Standardausführung:

1. Sie sind jung.
2. Sie sind hübsch, wenn nicht das, so interessant.
3. Sie besitzen ein Herz, was wiederum bedeutet:

3.1 Sie handeln stets emotional,
3.2 sind einem Flirt in Ehren nicht abgeneigt (falls sie unverheiratet sind),
3.3 geraten irgendwann einmal in Konflikt mit der Härte ihres Berufes.

4. Obwohl sie ein Herz haben, ist ihr Hirn dem der Männer ebenbürtig bis überlegen.
5. Ihre einzige Schwäche: keine zu haben.

Kurz, Powideldatschkerln sind das Ideal einer klugen, gefühlvollen, aktiven, erfolgreichen süßen Frau.

Und wenn der (männliche) Leser angesichts einer solchen Frau den Gedanken nicht verdrängen kann, der möchte er schon mal im Dunkeln begegnen, nur nicht gerade als Tatverdächtiger, dann haben Sie Ihr Powideldatschkerl wirklich meisterhaft zubereitet.

Kasseler Rippenspeer

Dieses Gericht zeigt anschaulich, daß der Kriminalkoch immer für Abwechslung sorgen muß, um seine Gäste an den Tisch zu locken.

Kasseler Rippenspeer – schon lange bevor Kassel 913 gegründet wurde, war der zwischen die Rippen eingeführte Speer ein beliebtes Mordinstrument. Heute dagegen zählte er zu den absolut originellen Mordwerkzeugen, ja, wäre er eigentlich schon exotisch.

Der Krimileser liebt originelle Mordarten; sie bestätigen ihm, wie schöpferisch menschliche Phantasie sein kann. Sie sollten sich also Gedanken machen, den Leser durch ungewöhnliche Mordarten zu überraschen.

Dem Kasseler Rippenspeer verwandt ist der Eispickel. Man begegnet ihm des öfteren in Kriminalromanen, die in Gottes eigenem Land spielen.

Auch ein Eiszapfen erfüllt diese Aufgabe. Der Vorteil gerade dieser Methode liegt auf der Hand. Die Mordwaffe löst sich sozusagen in Nichts auf, was man von einem Beil nicht ohne weiteres erwarten kann.

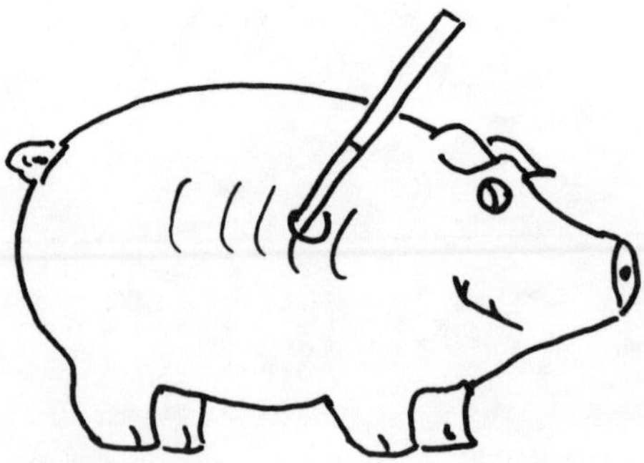

Afrikanische Pfeilgifte dagegen haben viel von ihrem dämonischen Reiz verloren, wenigstens für unsere aufgeklärten Leser.

Sie sollten sich deshalb mehr auf die Neuerungen von Wissenschaft und Technik werfen und sie auf ihre mörderische Verwendbarkeit hin überprüfen. Ich erinnere mich eines Falles, wo ein Arzt seiner Geliebten bösartige Bakterien auf die Zahnbürste praktizierte. Ein radioaktiv gemachter Verlobungsring dürfte das sicherste Mittel sein, die Verbindung in wenigen Tagen ohne öffentliches Ärgernis zu lösen.

In diesem Zusammenhang erwähne ich noch eine hübsche eigene Idee. Dieser Krimi müßte in einem Tollwut-Sperrbezirk spielen. Frau X will sich ihres wortbrüchigen Geliebten Y mittels einer tollwütigen Katze entledigen. Die Geschichte hat nur einen Haken; Katzen sind nicht auf Mann dressierbar. Frau X könnte deshalb das Opfer ihrer eigenen Originalitätssucht werden. Aber das wäre dann kein Roman, höchstens eine Kurzgeschichte für Hitchcocks Kriminalmagazin.

Natürlich ist Ihnen auch anheimgestellt, die Tat auf ganz altväterliche Weise begehen zu lassen. Es übt einen gewissen nostalgischen Zauber aus, wenn der Täter einfach zum Küchenmesser oder zur Tischlampe greift. Einige Leser werden Ihnen allerdings Einfallslosigkeit unterstellen, andere aber Ihren Realismus loben.

Am subtilsten wäre da schon ein psychischer Mord.

Der Kriminalschriftsteller Friedrich Schiller hat ihn literarisch salonfähig gemacht. Ein Schurke namens Franz beschließt, seinen Vater umzubringen, aber so, daß es kein Amtsarzt merkt. Er zermürbt den Vater seelisch, verursacht ihm Gram, Furcht, Schrecken, treibt ihn zur Selbstanklage und Verzweiflung. Diese Methode verlangt vom Kriminalkoch feinere Seelenkenntnisse. Doch warum sollten Sie nicht von der Klassik lernen?

Wildschwein am Spiess

Das Wildschwein, das sich dort am Bratspieß dreht, hat lange genug unseren gepflegten Garten zertrampelt. Nun wurde ihm die gerechte Strafe zuteil.

Spießen auch Sie auf abschreckende Weise alle Untugenden Ihres Täters auf. Wie das Wildschwein bereits auf den ersten Blick als Wildschwein erkennbar ist und nicht mit einem Lämmchen zu verwechseln, muß der Täter schon bald vom Leser als Täter identifiziert werden können. Das macht Spaß, denn der Leser kann sich dann etwas auf seine Menschenkenntnis einbilden.

Unsere Kriminalköche haben da ihre erprobten Rezepte.

Das beginnt bei der Beschreibung des Täters. Lassen Sie Ihren Täter nicht einfach die Straße entlanggehen. Das tut ein Täter nicht. Ein Täter schleicht. Er schleicht um die Ecke. Und zwar nachts. Versehen Sie ihn zusätzlich noch mit den geschmeidigen Bewegungen einer Raubkatze.

Lassen Sie Ihren Täter auch nicht einfach nur lachen. Ein Täter lacht nicht. Hohnlachen ist das mindeste, was der Leser von ihm erwartet.

Und nun das Wichtigste: das Gesicht des Täters. Gewöhnlich ist es bleich und pockennarbig, der Blick stechend. Der Mund muß natürlich schmal sein. Auch Zahnlücken machen sich gut, durch die sich so bezeichnend zischen läßt.

Und nun probieren wir das Ganze einmal: „Mit der geschmeidigen Bewegung einer raublüsternen Katze schlich eine Gestalt durch die Nacht. In ihrem bleichen, pockennarbigen Gesicht glühten zwei stechende Augen, die das Dunkel notdürftig erhellten. Plötzlich öffnete sich der zu einem Strich zusammengepreßte Mund. Hohngelächter zischte durch die Zahnlücke …"

Ich sehe, Sie verstehen Ihr Handwerk.

Linsen, süßsauer

Das Wesentliche an diesem Gericht ist, daß es Gegensätzliches vereint. Das Süße läßt das Saure und das Saure das Süße erst richtig zur Geltung kommen.

Im Kriminalroman verwenden Sie dieses Rezept am besten bei der Darstellung eines gegensätzlichen Kriminalisten-Zweierkollektivs.

Grundregel: Der eine ist süß, der andere sauer, was natürlich nur symbolisch gemeint ist!

Aber hüten Sie sich, das mit einer Wertung zu verbinden. Süß ist gegenüber Sauer nichts Positives. Wer Saures lieber hat, schätzt das Süße weniger.

Sie enthalten sich also jeglicher Wertung. Sie stellen Gegensätze dar. Das Süße ist gut, das Saure ist gut. Beide zusammen sind noch besser.

Es gibt viele Möglichkeiten für süßsaure Gegensätze im Kriminalisten-Duo.

1. Der erfahrene alte und der gerade von der Schule gekommene junge Kriminalist – in folgenden Varianten:

1.1 der jung gebliebene Alte und der vorzeitig vergreiste Junge

1.2 der bedächtige Alte und der heißblütige Junge

1.3 der großzügige Alte und der engstirnige Junge

1.4 der dogmatische Alte und der unkonventionelle Junge

2. Der Theoretiker und der Praktiker

3. Der Verstandesmensch und der Gefühlsmensch

4. Der Empiriker und der Phantast

5. Der elegante und der schlampige Kriminalist

6. Der große Dicke und der kleine Dünne oder der große Dünne und der kleine Dicke

7. Der Sanguiniker und der Melancholiker
8. Der Choleriker und der Phlegmatiker
9. Für den einen ist es sein letzter und für den andern sein erster Fall
10. Ein Mann und eine Frau.

Die Nutzanwendung solcher gegensätzlicher Paare liegt auf der Hand. Sie heißt für Nummer

1. Was wären wir ohne den erfahrenen Alten? Und was ohne den Elan der Jugend?

1.1 Die Generationen sind manchmal ganz anders, als wir uns einbilden.

1.2 Der eine schützt den andern vor sich selbst.

1.3 Die Weisheit des Alters siegt über die Intoleranz der Jugend.

1.4 Der Alte kann nicht mehr umlernen, der Junge macht's besser.

2. Siehe Karl Marx, 11. These über Feuerbach: „Die Philosophen haben die Welt nur verschieden interpretiert; es kommt aber darauf an, sie zu verändern."
3. Wo der Verstand nicht weiter weiß, findet das Gefühl immer noch einen Weg; wenn das Gefühl sich verirrt, leuchtet ihm der Verstand heim.
4. Die Realität wird unwirklich, wenn das Irreale plötzlich zur Wirklichkeit wird.

5. Wir sind ein anständiger Staat. Das muß der Vertreter der Staatsmacht bereits durch anständige Kleidung zum Ausdruck bringen. Der schlampig gekleidete Kriminalist ist daher nur am Anfang zu dulden und im Verlauf des Romans umzuerziehen.

6. Keine Nutzanwendung. Humor auf Kosten unveränderbarer Körperzustände ist abzulehnen.
7. Der Sanguiniker entspricht unserem optimistischen Lebensgefühl. Melancholiker dagegen zweifeln zuweilen an der raschen Beseitigung der Kriminalität. Dieses Gegensatzpaar erlaubt pädagogische Belehrung über den Nutzen der Zuversicht und die Schädlichkeit von Zweifeln.
8. Der Choleriker peitscht den Phlegmatiker vorwärts, während dieser den Choleriker bremst. Jener würde am Ziel vorbeischießen, dieser es nie erreichen. Beide schaffen es schließlich.
9. Ob zum ersten oder zum letzten Mal: Fehler macht man immer.
10. Siehe Nr. 3, wobei der männliche Kriminalist den Verstand und der weibliche das Gefühl vertritt. Beachten Sie unbedingt diese uralte Rollenverteilung!

Was lernen uns Linsen, süßsauer?
Sie gehören auf jede Speisekarte!

Hammelragout

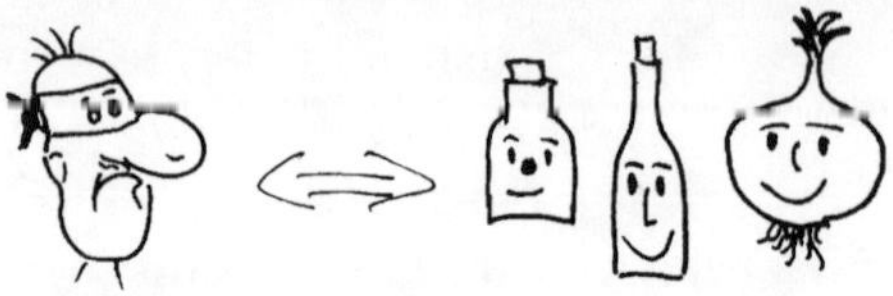

Blättern Sie mal einige Rezepte für die Zubereitung von Hammel durch.

Zum Hammelragout gehören Knoblauch und Zwiebeln, zur gedünsteten Hammelkeule Knoblauch und Pfeffer, zur gebratenen auch noch Lorbeer und Thymian, und Hammelrippchen werden in Weißwein geschmort.

Warum wohl?

Hammel hat so einen gewissen Geruch. Aber Zwiebeln, Knoblauch, Pfeffer und Wein machen ihn irgendwie doch noch genießbar.

Das sollte dem Kriminalkoch eine Lehre sein.

Auch ein Mörder ist etwas Übles. Zwar stinkt er nicht fleischlich wie der Hammel, aber sozusagen moralisch.

Deshalb dürfen Sie dem Leser den Hammel nicht pur servieren, um Himmels willen überdecken Sie den Eigengeruch des Kriminellen! Damit tun Sie zugleich kund, daß es in der Welt nicht nur übelriechende Hammel gibt, sondern auch wackeren Knoblauch, gefühlvolle Zwiebeln, duftenden Thymian und mildsinnigen Wein.

Knoblauch, Zwiebeln, Thymian und Wein, Sie haben es längst erraten, das sind die andern, die ehrbaren Leute, die uns überzeugen, daß der Hammel nicht durchkommt mit seinem üblen Geruch. Das sind die vielen, vielen, vielen Anständigen, die nie ein Verbrechen begehen oder ein Vergehen verbrechen. Die keinen Fingerbreit vom Weg des Rechts und Gesetzes abweichen. Das sind die vielen lieben Kollegen, die durch ihr So-Sein beweisen, daß unser Da-Sein normal und gradlinig ist.

Falscher Hase

Sie kennen doch falschen Hasen?

Nehmen Sie den falschen Hasen als Grundrezept für einen Kriminalroman.

Im Kriminalroman ist alles falsch. Jede Spur, die Sie legen, muß falsch sein. So ist das auch bei dem ermordeten Abteilungsleiter. Die rachsüchtige Ehefrau, die ihren ungetreuen Ehemann tausendmal zur Hölle gewünscht hat, ist viel zu feige, ihn mit dem Schal seiner Geliebten zu erdrosseln.

Sein Sohn, der die teure Briefmarkensammlung geerbt hätte, erweist sich als Feind von Briefmarken, Geld und Wohlstand.

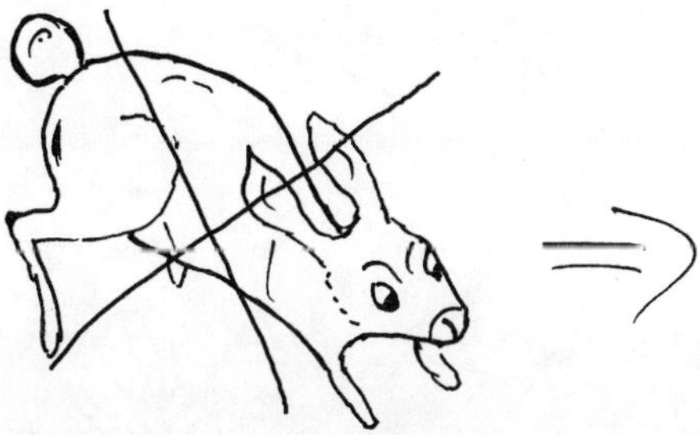

Seine alte Mutter, die er gegen ihren Willen ins Altersheim verbracht hat, beginnt sich dort wohl zu fühlen und heiratet nochmals mit 74.

Sein Chef, dem er durch schludrige Arbeit die nächste Gehaltserhöhung vermasselt hat, besitzt eine so hohe Moral, daß die Befriedigung persönlicher Rachegelüste ausgeschlossen ist.

Sein Flurnachbar, der immer so scharf auf den 1893er Fehldruck blaugrün war, hat für die Mordzeit ein Alibi.

Nachdem der Leser die Ehefrau, den Sohn, die alte Mutter, den Chef und schließlich auch den Flurnachbarn für den Mörder gehalten hat, begreift er endlich, er ist wieder einmal einem falschen Hasen aufgesessen.

Diese Feststellung trifft er allerdings ohne Groll. Als er Ihren Krimi kaufte, wußte er ja schon, das ist ein falscher Hase.

Und wer hat den Abteilungsleiter nun umgebracht?

Seine Sekretärin selbstverständlich.

Aber die hatte doch gar kein Motiv!

Dieses Motiv haben Sie natürlich längst vorbereitet. Außerdem haben Sie sie als so herzensgut, liebreich und charmant dargestellt, daß sich jeder männliche Leser in sie verliebt hat und jeder weibliche so sein möchte wie sie.

Das sind natürlich, wie sich wieder einmal herausstellt, die Gefährlichsten.

Ach so, ihr Motiv.

Das finden Sie schon allein, es gibt ja so viele Gründe für eine Sekretärin, ihren Chef umzubringen.

Thüringer Klösse

Der vorsorgliche Koch hat auch zu bilanzieren gelernt.

So setzt er beispielsweise den durchschnittlichen Verbrauch Thüringer Klöße ins Verhältnis zu ihrer Größe. Er rechnet pro Gast zwei Klöße des üblichen Umfangs. Ist der Kloß größer, findet der Gast nur einen auf dem Teller.

Wir stellen also folgende Regel auf: Je größer der Kloß, desto kleiner die Anzahl. Anzahl und Größe der Klöße sind einander umgekehrt proportional.

Danach sollten Sie auch bemessen, wieviel Leichen pro Mahlzeit Sie Ihren Lesern anbieten. Ist es eine wichtige und bedeutsame Person, vielleicht ein stellvertretender Direktor oder wenigstens ein Abteilungsleiter, so genügt schon diese eine Leiche.

Das entspricht auch der statistisch erwiesenen Faustregel: kein Krimi ohne Leiche. In jedem Krimi mindestens eine.

Doch der Leser verträgt ganz gut auch zwei, ohne sich übergeben zu müssen. Die beiden Opfer sollten sozial nicht zu schwergewichtig sein, von durchschnittlichem gesellschaftlichem Rang. Etwa ein Diplomingenieur, von denen es ja viele gibt, und ein Polier.

Sie können aber auch drei Klöße anbieten. Die müssen dann entsprechend kleiner sein, Leute ohne gesellschaftliche Bedeutung, beispielsweise eine Gammlerin, ein Schriftsteller und – na, den dritten Typ verrate ich lieber nicht.

Mit drei Opfern sollten Sie es dann aber doch genug sein lassen.

Vier Klöße bekommt man schon über, und fünf lassen einen am Sinn des Kochs für Größe und Einfachheit zweifeln.

Ham and eggs

Sie sind vorübergehend Koch in einem Drei-Sterne-Restaurant. Aufgrund guter territorialer Beziehungen können Sie jederzeit Rührei mit Schinken anbieten.

Ein ungewandter Koch vermerkt nun auf der Speisekarte: Rührei mit Schinken.

Sein taktisch erfahrener Kollege dagegen schreibt: Ham and eggs.

MERKE:
Man soll niemals einfach ausdrücken, wofür ein imponierendes Fachwort zu Gebote steht. Dieses nämlich wertet noch die primitivste Speise auf.

Schreiben Sie nicht „Die Leiche wurde mit Benzin übergossen und verbrannte bis zur Unkenntlichkeit."

Schreiben Sie statt dessen: „Die Leiche wurde mit handelsüblichem Vergaserkraftstoff/Super Plus übergossen, welcher danach zur Entzündung gebracht wurde, so daß infolge der fortgeschrittenen Brandzehrung die Identität nicht mehr feststellbar war."

Schreiben Sie nicht „Unter dem Fenster fand sich ein Schuhabdruck des Täters."

Schreiben Sie: „Unter dem Fenster konnte ein Spurenverursacher gesichert werden."

Schreiben Sie nicht: „Auch nachdem er verurteilt worden war, beteuerte er seine Unschuld."

Schreiben Sie: „Auch nach der Rechtskraft des Strafurteils erging er sich fortwährend in Unschuldsbeteuerungen."

Unverantwortlich wäre es auch, Ihre literarischen Kriminalisten einfach Kriminalisten zu nennen. Sprechen Sie stets von den Sicherheitsorganen unseres Landes.

Ich bitte Sie dringend, meinem Rat zu folgen. Dann gelten Sie bald als erfahrener Fachmann. Man hält Sie nicht mehr für irgendeinen Kriminalkoch, sondern einen hochspezialisierten Chefkoch. Ihr profanes Rührei mit Schinken gilt fortan als Rührei auf die echte englische Art: ham and eggs.

Moussaka

Im neuesten Kochbuch steht auch ein Moussaka-Rezept.

Ich habe es probiert. Es taugt nichts. Ich kenne den originalen Moussaka. Da gehören Auberginen hinein, die geben ihm die unverwechselbare Note.

Machen Sie als Kriminalkoch nicht den gleichen Fehler!

Verzichten Sie nicht auf Originalität, sonst lassen Sie's lieber ganz.

Was die Auberginen für den Moussaka, das ist ein origineller Detektiv für den Kriminalroman.

Daß Ihr Detektiv ein Detektiv ist, genügt ja keinesfalls. Das hat er mit allen anderen seinesgleichen gemein. Der Leser will mehr als diese bloße Funktion. Er will sich dem Detektiv auch menschlich nähern. Er möchte sehen, daß dieser Über-Mensch wenigstens mit einem Bein auf der Erde steht.

Kurz: Vernachlässigen Sie nicht seine Individualität!

Malen Sie liebevoll sein Hobby aus. Vielleicht malt er sogar selber. Er kann auch Mitglied der Natur- und Heimatfreunde sein oder der Sparte Philatelie. Oder vielleicht sammelt er

Schallplatten (Barockmusik) und versöhnt so die Freunde klassischer Musik mit dem Kriminalroman. Als Züchter von Siamkatzen schleicht er sich auf leisen Sohlen ins Herz jedes Tierfreundes.

Sie sollten sich auch nicht zu schade dafür sein, von altrenommierten Köchen der gutbürgerlichen Küche zu lernen, wie man einen originellen Detektiv schafft.

Statten Sie ihn mit einem bestimmten Attribut aus, das ihn unverwechselbar macht. Die Tabakpfeife ist leider schon an Sherlock Holmes vergeben. Überhaupt ist Rauchen nicht mehr erwünscht.

Aber man könnte ihn mit Schnupfenspray hantieren lassen oder ihm einen Flachmann mitgeben, aus dem er heimlich immer mal ein Schlückchen zu sich nimmt – Kamillentee natürlich gegen sein Magengeschwür. Da Detektive Super-Helden zu sein pflegen, für die Magengeschwür ein Fremdwort ist, könnte dieses an sich harmlose Leiden Ihren Detektiv direkt vermenschlichen und ihn zumindest allen Inhabern ähnlicher Streß-Beschwerden nahebringen.

Auch feststehende Redewendungen machen sich gut. Denken Sie an Poirots stereotype Floskel von den kleinen grauen Zellen. Damals hielt man die Zelle noch für die kleinste Einheit. Heute weiß man, das sind die Elementarteilchen. Also lassen Sie von Zeit zu Zeit Ihren Detektiv äußern, daß er jetzt mal wieder seinen Elementarteilchen einen Spin versetzen müsse. Das wirkt ungeheuer individuell und modern. Sie werden sehen, Ihr Geschöpf übertrifft bald den seligen Poirot.

Geschmortes Herz

Dieses Gericht ist das Grundrezept für jeden Thriller.

Sie wissen doch, woher der Name stammt: Den Thriller hat Shakespeare erfunden:

A faint cold fear thrills through my veins.

Ein matter, kalter Schrecken durchschauert meine Adern. Shakespeare wußte, nichts ist so heilsam für das Gemüt wie ein Schrecken. Das hat er von Aristoteles gelernt. Der sagte, fremde, schreckliche Schicksale würden nützlich für uns, wenn wir fürchten, sie könnten uns selber zustoßen. Dann nämlich verhalten wir uns so, daß sie uns möglichst nicht passieren.

Ich finde, das ist sehr klug beobachtet.

Denn sehen Sie: Ein geschmortes Rinderherz zu verspeisen, regt Sie bestimmt nicht auf. Wenn Sie sich aber vorstellen, Ihr eigenes Herz würde so zugerichtet und anschließend angerichtet, bekommen Sie bestimmt ein leichtes Herzklopfen. Da entsteht nämlich ein ästhetischer Schock.

Der ästhetische Schock erreicht aber erst dann seine volle Wirkung, wenn das Herz nicht von irgendeinem beliebigen Koch geschmort wird. Der Koch muß jemand sein, an den man das Herz einst verloren hat.

Im Klartext: Im Thriller geht es um mörderische Herzensangelegenheiten, um geschmorte Herzen und die Folgen.

Wenn Sie dieses Gericht zubereiten, halten sie sich genau an das Kochbuch.

Wenn es darin heißt:

„Zuerst das Herz in Würfel schneiden" – so denken Sie sich innerhalb einer Partnerbeziehung eine Situation aus, die dieser Verrichtung möglichst nahekommt, z. B. eine verheiratete, aber leichtfertige Frau schneidet durch entwürdigende Liebesabenteuer das Herz ihres Gatten in kleine Stücke (wobei die Sache natürlich auch beim Geschlechterwechsel funktioniert).

„Dann in heißem Fett anbraten" – so erfinden Sie nun einige weitere Vorgänge, etwa eine vorübergehende Pause beim Fremdgehen, was die Hoffnung des Partners erst nährt und dann um so sicherer zerstört.

„Salz und Paprika zugeben" – so lassen Sie es keinesfalls nur bei einfachem Betrug bewenden, sondern lassen Sie das Opfer des Betrugs sich dazu ständig als Niete, Versager, impotent oder frigid verhöhnt sehn, was den Konflikt noch schärfer macht.

„Nach und nach saure Sahne darübergießen" – so machen Sie in diesem Stadium deutlich, daß das Leben des Betrogenen nun unrettbar versauert ist.

Wenn es dann abschließend im Kochbuch heißt,

„nach und nach heiße Brühe zugeben und zugedeckt schmoren lassen" – so wissen Sie schon, was das bedeutet: Der auf so rücksichtslose Weise Zugerichtete faßt sich (s)ein (geschmortes) Herz und bringt seinen Peiniger um.

Das ist das ganze Geheimnis des Thrillers.

Beilagen
E
G
L
A
B
N

Mixed pickles

Ich möchte Sie anhand dieser Beilage vor dem verständlichen Irrtum bewahren, Dichten sei etwas Besonderes. Es ist dasselbe, was der Koch auch macht. Der rührt Verschiedenes zusammen, und schon ist das Gericht fertig.

Nehmen wir beispielsweise Mixed pickles. Da wird allerhand saures Gemüse gemixt. Man kann das Zeug mischen, wie man will, es gibt immer denselben Salat. Nur der Geschmack ändert sich etwas, je nachdem, ob mehr Blumenkohl drin ist oder mehr Zwiebeln. Mit dem Kriminalroman ist es nicht anders.

Sie mischen die wenigen, immer gleichen Bestandteile, nehmen mal weniger bissige Zwiebeln, mal mehr süße Möhren, aber immer ausreichend zähe Bohnen.

Und schon ist der Kriminalroman tischfertig. Wollen Sie einige Beispiele?

Dann stellen Sie sich zuerst die Zutaten zusammen:

1. einen Agenten, der Böses im Schilde führt,
2. einen Hauptkommissar, dessen Frau immer zu kurz kommt,
3. einen aufmerksamen Zweitkläßler,
4. ein schwankendes Element,
5. eine einfache Frau,
6. ein altes Original, das Goldhamster züchtet.

Diese Zutaten mischen Sie kräftig.

Gemisch Nr. 1: Aufmerksamer Zweitkläßler will von altem Original Goldhamster kaufen. Findet Original tot vor. Benachrichtigt Hauptkommissar. Hauptkommissar übergibt Zweitkläßler verwaiste Goldhamster in persönliche Pflege, beginnt zu ermitteln. Frau des Hauptkommissars kommt zu kurz, wollte eigentlich mit ihm ins Theater. Einfache Frau, Mutter des Zweitkläßlers, hört nachts Goldhamster angstvoll kreischen. Erspäht schwankendes Element vor der Wohnungstür. Einfache Frau kombiniert Zusammenhang. Hauptkommissar wird informiert, vernimmt schwankendes Element. Element gesteht: sollte im Auftrag des Agenten Goldhamster stehlen. Agent verhaftet.

Gesteht, Goldhamster sollten als Einsatztruppe zur Störung der Grünfutterversorgung der hühnerhaltenden Öko-Bauern ausgebildet werden.

Gemisch Nr. 2: Goldhamsterzüchtendes altes Original wird unbewußt Werkzeug des Agenten. Denn Agent verbirgt in Hamsterohren Mikrofilm. Zweitkläßler kauft Goldhamster und entdeckt bei Ohrenwäsche des Hamsters Mikrofilm. Aufmerksamer Zweitkläßler informiert Hauptkommissar (wie Gemisch Nr. 1). Hauptkommissar nimmt Ermittlung auf. Frau des Hauptkommissars kommt zu kurz, wollte mit Hauptkommissar (originelle Variante) ins Konzert gehen. Agent besticht schwankendes Element, das ihm ein Alibi geben soll. Schwankendes Element schwankt einmal in Richtung des Agenten, schwankt zum zweiten Mal unter Einfluß der einfachen Frau in Richtung der Moral und stellt sich. Hauptkommissar überführt Agent und erlebt noch Schlußouvertüre an der Seite seiner Frau, die (optimistische Variante) so nicht ganz zu kurz kommt.

Die andern 34 möglichen Varianten können Sie sich nun ohne Schwierigkeit selbst mixen.

Röstkartoffeln

Der vielbeschäftigte Koch spart mit jedem Gramm und jeder Minute. Dann produziert er mit möglichst wenig Material möglichst viel.

Beispielsweise wäre es zu material- und zeitaufwendig, wollte er für die verschiedenen Fleischgerichte auch verschiedene Beilagen verwenden. Dann müßte er Salzkartoffeln zubereiten, Pommes frites, Mehlknödel und Thüringer Klöße, Reis und Spaghetti. Ein solch umfangreiches Sortiment kann man im Zuge der Rationalisierung von keinem Koch mehr verlangen.

Der pfiffige Koch geht da anders ran. Der bevorratet sich vorausschauend mit reichlich Röstkartoffeln. Die gibt er Bratwürstchen bei, genauso dem Gulasch, dem Eisbein und dem Frikassee.

Auch als Kriminalkoch gehen Sie so vor, hauptsächlich dann, wenn Sie Krimis am Fließband produzieren wollen. Da ist wirklich äußerste Sparsamkeit vonnöten! Je weniger Material, desto flinker die Produktion!

Am besten fangen Sie zu sparen an beim sprachlichen Material. Das ist unauffällig und bringt nur selten Mängelrügen. Nur kein aufwendiges Sortiment! Röstkartoffeln für alles! Der Leser kennt es nicht anders und schluckt sie brav.

Ich habe für Sie schon etwas Sprache vorgeröstet. Sie können diese gedörrten Chips beliebig vermehren.

Hier einige Proben:

Übers Ohr hauen, über den Löffel balbieren, über die Klinge springen lassen, Farbe bekennen, ein Auge zudrükken, ein X für ein U vormachen, kochender Topf, handfeste Beweise, fadenscheinige Argumente.

Damit läßt sich jede beliebige Romansituation darstellen, z. B. die Vernehmung eines mutmaßlichen Täters:

Der Kriminalist sagt zum mutmaßlichen Täter: „Die Sache ist noch nicht im Topf, wo sie kocht. Wenn Sie mich übers Ohr hauen wollen, lasse ich Sie über die Klinge springen!"

Der mutmaßliche Täter erwidert: „Wenn ich Farbe bekenne, werden Sie dann ein Auge zudrücken?"

Der Kriminalist kühl: „Mit fadenscheinigen Argumenten lasse ich mich von Ihnen nicht über den Löffel balbieren!“

Treuherzig fragt der mutmaßliche Täter: „Wie könnte ich Ihnen ein X für ein U vormachen, wenn Sie handfeste Beweise haben?“

Natürlich dürfen Sie sich mit Ihren Röstkartoffeln nicht verausgaben. Sie brauchen sie noch für Ihren nächsten und übernächsten Krimi. Damit man Ihnen nicht vorwirft, an sich selber ein Plagiat zu begehen, vertauschen Sie einfach die Sprachblasen. Was im vorigen Krimi der mutmaßliche Täter sagte, lassen sie jetzt den Kriminalisten sagen.

Und umgekehrt.

Das liest sich dann so:

Der Kriminalist sagt zum mutmaßlichen Täter: „Sie sehen also, ich habe handfeste Beweise!“

Der mutmaßliche Täter erwidert grinsend: „Sind eher fadenscheinige Argumente, Chef. Ich glaube nicht, die Sache ist schon im Topf, wo sie kocht.“

Geduldig fordert der Kriminalist: „Sie sollten endlich Farbe bekennen!“

Darauf der mutmaßliche Täter: „Sie wollen mich doch bloß übers Ohr hauen. Um mich dann über die Klinge springen zu lassen!“

Der Kriminalist leise: „Wenn Sie gestehen, könnte ich vielleicht ein Auge zudrücken.“

Sie sehen, mit denselben Röstkartoffeln lassen sich zwei völlig verschiedene Situationen und Charaktere darstellen.

Sie schrecken zurück? Ich versichere Ihnen an Eides Statt, alle diese und noch viele andere Röstkartoffeln fand ich auf der Speisekarte einheimischer Kriminalköche. Und doch ist (fast) jeder mit ihren Gerichten zufrieden.

Also sparen Sie mit jedem Wort und jedem Gedanken! Und Sie produzieren zwölf Krimis im Jahr.

Nach-
speisen

Pudding mit Himbeersoße

Unterschätzen Sie nicht das Süße!

Das Süße ist um so süßer, je bitterer, schärfer und saurer die Gänge vorher waren. Der Gaumen des Feinschmeckers verlangt nach Kontrasten. Der Feinschmecker ist ein Kontrast-Fan.

Deshalb: Je härter der Krimi, desto weicher muß der Gemütspudding sein! Fast kremig. Und dann Himbeersoße drauf!

Leider beherzigen die wenigsten Kriminalköche diesen Rat. Sie meinen, Liebe habe nichts im Krimi zu suchen.

Ohne Liebe kann man gar keinen Pudding machen.

Es ist doch so: Kriminalisten sind steinharte Kerle. Sehen Blut und dürfen sich nicht übergeben. Arbeiten rund um die Uhr. Können sonntags nicht an den Müggelsee. Das ist alles sehr hart. Gönnen Sie diesen harten Typen doch endlich einen Pudding!

Gönnen Sie ihnen wenigstens etwas Liebe!

Sehr moderne, sehr unkonventionelle, sehr freisinnige und sehr mutige Kriminalköche haben das schon begriffen.

Diesen müssen Sie nacheifern.

Kastrieren Sie Ihre Helden nicht, sondern lassen Sie sie einfach – also Sie müssen ja nicht gleich vor den Augen des Lesers –, ich meine, da genügt ja schon ein Küßchen in Ehren, das andere malt sich der Leser dann vielleicht selber aus und noch besser als Sie.

Ich nenne Ihnen jetzt einige Kocharten für Gemütspudding mit Himbeersoße. Entsprechend der Realität erstrecken sie sich von der Liebe über den gewagten Flirt bis zum Eigentlichen.

Pudding

Die entsagungsvolle Liebe

Der Detektiv ist ein alternder Junggeselle. Seine Arbeit hat ihn ausgedörrt. Liebe ist für ihn nur ein anderes Wort für Sabotage. Der Zu-Fall eines Mord-Falles bringt ihn mit einer Frau zusammen, zu der er in Liebe erglüht. Dieser Vor-Fall entpuppt sich jedoch als Rein-Fall, denn die Frau gehört zum Ab-Fall. Er muß ihr entsagen. Das ist sein glücklichster Augenblick, denn die Liebe ist ja die Sabotage der Arbeit.

Die unstatthafte Liebe

Der Detektiv ist ein junger Junggeselle. Der Kriminalfall führt ihm ein Weib zu: die Sekretärin des Opfers oder die Witwe des Hauptzeugen oder die Gattin des Mörders. Er erglüht (siehe oben) ebenfalls in Liebe. Aber diese ist unstatthaft, da die Geliebte, wie sich später herausstellt, in den Fall verwickelt ist. Verführung und Verzicht sind als dialektische Einheit zu gestalten.

Die hoffnungsvolle Liebe

Der ledige männliche Detektiv lernt eine der im Kriminalroman häufigen ledigen weiblichen Kriminalisten kennen. Beide erglühen in Liebe zueinander. Da die Kriminalisten aber zuerst Kriminalisten und dann erst Männlein und Weiblein sind, haben Sie diesem Rollenverhalten unbedingt Rechnung zu tragen. Im Verlauf des Romans ist die durch berufliche Barrieren behinderte Annäherung aufwühlend zu gestalten. Am Schluß darf jedoch zart angedeutet werden, daß die platonische Beziehung nicht hoffnungslos ist.

Die ehrbare Liebe

Der Normalfall ist der verheiratete Detektiv. Damit zollen Sie der Moral ihren Tribut. Das spricht für Ihre solide ethische Haltung. Außerdem verschaffen Sie dem Leser immer neue reizende Gelegenheiten, Einblick in ein prinzipienfestes Familienleben zu nehmen. Der verheiratete Detektiv ist treu, schweigsam und nie zu Hause. Seine Frau akzeptiert das, teils zähneknirschend, teils aus Bewußtsein.

Das ergibt stets lösbare Konflikte, woraus wir alle etwas lernen können.

Die verbotene Liebe

Im Ausnahmefall ist der Kriminalist ebenfalls ein verheirateter Mann, doch nicht mehr in den besten Jahren. Das junge weibliche Opfer eines Mordversuchs verliebt sich in diesen seinen Rächer, was für den alternden Kriminalisten keine geringe Versuchung darstellt.

Da ein Kriminalist aber nur arbeitsfähig bleibt, wenn er selber keine Konflikte hat, entschließt er sich im Widerspruch zwischen Pflicht und Neigung glasklar und wie erwartet für die Pflicht. Nach einem wehmütigen Blick auf das Bett der Verliebten kehrt er angeregt ins Ehebett zurück.

Die sinnliche Liebe

Die absolute Ausnahme stellt der sexuell ausschweifende Kriminalist dar, wobei zu beachten ist, daß beim literarischen Kriminalisten bereits die Andeutung einer sexuellen Betätigung ausschweifend wirkt. Das ist ganz verständlich. Ein Jäger, der auf dem Anstand lauert, kann ja währenddem auch nicht seine Frau küssen. Das verbietet der Anstand, außerdem geht es nicht, sie ist gar nicht dabei.

Ein Detektiv, der sich widernatürlich zu dieser seiner Rolle verhält, wirkt ebenso faszinierend wie abstoßend. Diesen Widerspruch bewältigen Sie nicht. Deshalb ist im Kriminalroman von der sinnlichen Form der Liebe unbedingt abzuraten.

Schwarzwälder Kirschtorte

Warum ist die wohl so lecker?

Sie besteht aus schönen bunten Schichten. Jede Schicht hat ihren eigenen Geschmack. Die Schichten sind übereinandergelagert. Aber das bedeutet keine Rangordnung.

Gäbe es die unterste Schicht nicht, den Biskuit, sackte die ganze Torte in sich zusammen. Gäbe es nur die unterste Schicht, wie käme sich wohl der Biskuit ohne die Sahne vor?

Also: Biskuit, Kirschen und Sahne, alle sind gleichberechtigt, jede Schicht erfüllt ihren besonderen Zweck, da sind wir uns einig.

Aber: Nun muß sich ja doch der Kriminalkoch entscheiden, aus welcher Schicht er seinen Bösewicht nimmt.

Das ist von weittragender Bedeutung.

Denn damit beschmutzt er unweigerlich die Ehre der betreffenden Schicht.

Nimmt er den Täter aus der Sahneschicht, schreit gleich die ganze Sahne: „Warum aus der Sahne? Die Sahne ist immer einwandfrei!“

Nimmt er den Täter aus der Schicht der Sauerkirschen, empören sich alle Sauerkirschen: „Daß wir sauer sind, ist schließlich keine Untugend, das ist unser gutes Recht als Sauerkirschen!“

Und nimmt er den Täter aus der untersten Schicht, gleich zittert der ganze Biskuit vor Entrüstung: „Wir sind die Basis der Torte, wir lassen uns nicht beleidigen!“

Also, solche Zwischenrufe müssen Sie einkalkulieren, verehrter Kriminalkoch. Dann sind Sie dagegen gewappnet und nicht mehr so schnell zu kränken. (Denn auch ein Kriminalkoch hat schließlich das Recht, gekränkt zu sein, das wollen wir mal festhalten!)

So, und nun frisch ans Werk.

Zur Anregung gebe ich Ihnen noch einige Tips aus den Kriminalgerichten unseres Landes.

Da ist der renommierte Architekt, der seine Frau ersticht, der Hochschuldozent, der ein Liebespaar erschießt, die Kunstmalerin, die ihrem Mann den Schädel einschlägt, der Arzt, der seine Gemahlin vergiftet, der Abteilungsleiter, der seine Beischläferin ermordet, die Arbeiterin, die ihre Abteilungsleiterin tötet, der Institutsdirektor, der seinen Assistenten um die Ecke bringt, der Juwelier, der seine künftige Geschäftspartnerin ins Jenseits befördert, ein Ingenieur, der zwei Studienkollegen beseitigt.

Merke: Einer nimmt immer übel. Nehmen Sie's ihm nicht übel, er kann ja nichts dafür.

Käse

Daß die Franzosen ihr Mahl mit Käse beenden, dürfte bekannt sein. Deshalb spielt unsere Tante Christel auch immer auf diesen Brauch an und sagt: „Käse schließt den Magen." Wie er das macht, kann sie nicht erklären. Aber es genügt, daß wir's ihr glauben.

Der international eingestellte Kriminalkoch darf keinesfalls auf diese französische Tradition verzichten. Er sollte sorglich darauf achten, Mahl und Magen abgestimmt zu schließen. Was der Käse nach der Mahlzeit, das ist der

Schlußsatz im Krimi. Er beschließt alles. Er entscheidet letztlich über Verstimmung oder Wohlbefinden des Lesers.

Der letzte Satz ist so was wie ein weltanschauliches Bekenntnis. Deshalb müssen Sie jeweils den richtigen Käse finden. Hier eine Auswahl:

Kräuterkäse, das ist nach der schweren Mahlzeit der würzig-frische Geschmack: „Als Hauptkommissar Theuerkauf das Büro verließ, war es schon Mitternacht; er ging durch die menschenleeren Straßen und atmete tief den süßbitteren Duft der Robinien ein."

Emmentaler oder Abschluß mit Löchern: „Oberkommissar Simmering schloß die Akte endgültig und dachte, so viele Fragen, so viele Antworten, aber die letzte Antwort wird uns wohl nie zuteil."

Butterkäse, das ist ein Schluß, der einem auf der Zunge zergeht: „Sie lächelte, und der Kommissar erwiderte ihr Lächeln, und fast scheu griff er nach ihrer Hand, die sie ihm nicht mehr entzog.«

Pfefferkäse oder der scharfe Abschluß: „Kaum hatte sich der Hauptkommissar aufseufzend auf dem Beifahrersitz niedergelassen, da schreckte ihn der Ruf der Zentrale wieder hoch: ‚Wasserleiche am Fährteich angeschwemmt!' Er starrte durch die Windschutzscheibe: ‚Zum Fährhaus!'"

Stangenkäse (auch Harzer Roller genannt), das ist der billige, ordinäre Beschließer: „Der Polizeirat drückte mir warm die Hand: ‚Machen Sie weiter so!'"

Und schließlich Camembert, das mildkremige Happy-End: „Nachdem der Täter ein umfassendes Geständnis abgelegt hatte, blickte Kommissar Pflaumbaum vor sich hin und sagte versonnen zu seinem Assistenten: ‚Heute können wir mit Stolz sagen, wir sind einer Welt ohne Verbrechen wieder einen Schritt näher gekommen!'"

Für den französischen Koch ist Käse Weltanschauung.

Eifern Sie ihm darin nach.

Diverses

Tomatensaft mit Eigelb und Pfeffer

Katertrunk

Wer zehn Schnäpse und zwanzig Biere zu sich genommen hat, wacht am nächsten Morgen womöglich mit einem Kater auf. Da hilft meist ein Katertrunk: Tomatensaft mit Eigelb und Pfeffer und Salz.

Der Detektiv, der dreißig Tage lang den Täter verfolgt und ihn schließlich gestellt hat, müßte eigentlich glücklich sein.

Nicht aber im Kriminalroman.

Vermeiden Sie um jeden Preis, Ihren Helden über sein Jagdopfer triumphieren zu lassen. Die Jäger freuen sich auch nur heimlich, nach außen tun sie melancholisch angesichts des zur Strecke gebrachten Wildes. Sie stecken den toten Rehen sogar noch grüne Zweige ins Geäse. Das nennen sie Hochachtung vor ihrem Opfer.

Verfahren Sie ähnlich mit Ihrem Detektiv. Freude über den Erfolg darf er nicht zeigen. Jeder würde sagen, so ein überheblicher Bursche! Lassen Sie den Detektiv nach eingetretenem Erfolg in Katerstimmung verfallen. „Glück habe ich gehabt. Aber glücklich bin ich nicht. Der Mörder ist doch auch nur ein Mensch. Ein ganz armer Mensch!“

Solche Katerstimmung macht den Kriminalisten groß und souverän und menschlich, und der Leser ist gerührt.

Pistazien

Wissen Sie, was Pistazien sind?

So eine Art Nüsse. Eines der neuesten Kochbücher unseres Landes empfiehlt Pistazien für einen Abend mit Freunden.

Freunde habe ich.

Woher nehme ich so schnell Pistazien?

Das verrät das Kochbuch nicht. So bleiben Pistazien für mich etwas Fremdes, Exotisches.

Und Sie sollten daraus lernen, auch im Krimi Befremdliches anzubieten. Ihre Freunde am Abend werden es Ihnen danken.

Befremdliches beispielsweise sind die tieferen Abgründe der menschlichen Seele. Steigen Sie tapfer hinunter, aber seilen Sie sich an. Sie wollen doch wieder zurück.

So unbekannt dem Normalverbraucher Pistazien sind, so unvertraut sind dem Leser gewisse krankhafte Seelenzustände Ihres Täters.

Das fasziniert.

Eines der beliebtesten Psycho-Rezepte: An allem sind die Eltern schuld. Befürchten Sie nicht, Sie müßten darlegen, wie die richtige Erziehung aussieht. Das überlassen Sie lieber den dafür zuständigen Leuten. Der Kriminalautor stellt nur die Folgen falscher Erziehung dar.

Und was ist falsche Erziehung? Höchst einfach: was üble Folgen hat. Das wollen Sie zeigen. Sie haben dabei zwei

Standardmöglichkeiten: zu harte oder zu weiche Erziehung. Das Ergebnis autoritärer Erziehung ist ein hartgesottener Bösewicht. Und das Produkt der Verweichlichung: ein Waschlappen, der jeder kriminellen Verführung unterliegt.

Gehen Sie auch – das wird langsam wieder modern – bei Sigmund Freud in die Schule. Lernen Sie, Ihren Täter tiefenpsychologisch zu entlarven, beispielsweise durch eine sogenannte Fehlleistung. Verdächtigt, seine Frau ermordet und beseitigt zu haben, leugnet der Täter hartnäckig und beteuert, wie sehr er seine Frau geachtet habe: „Wirklich, ich habe Marion aus ganzem Herzen *geachtelt*!" Des Täters Versprecher offenbart die Tat und was danach geschah auf eine sehr anschauliche Weise.

Ein moderner Kriminalkoch bedient sich auch gewisser Phobien. Phobien sind Ängste vor irgend etwas. Ihre Täterin leidet beispielsweise an Magersucht. Das ist Angst vor dem Dickwerden. Ihre Freundin aber stopft unbekümmert Butterkremtorte in sich hinein. Ist das etwa kein Grund zu einem Haßausbruch, der mit einem Mordversuch endet?

Ein zeitgemäßes psychologisches Zauberwort ist der Frust. Frustration heißt, von irgend etwas enttäuscht zu sein. Von irgend etwas sind wir ja alle enttäuscht. Und werden dann aggressiv. Das ist normal. Das ist gut. Schlecht ist, wenn man die Enttäuschung in sich hineinfrißt. Dann staut sie sich und macht sich in einer Affekthandlung Luft, beispielsweise in einem Totschlag. Also schauen Sie sich nach Frustrationen um. Frustriert ist der Assistent, wenn er nicht zum Oberassistenten befördert wurde. Frustriert der Architekt, dessen Projekt im Papierkorb landete. Der Facharbeiter, der seit einem halben Jahr den Hof kehren muß. Die Ehefrau, der ihr Mann weniger beiwohnt, als sie es in den Flitterwochen erhofft hatte.

Ein fruchtbares Feld, die Frustration.

Verzicht auf Pistazien wäre wirklich ein Verlust.

Bratpfanne oder Reagenzglas?

Der qualifizierte Koch kocht qualifiziert.

Er bereitet den Tee nicht im Metallgefäß, Makkaroni kocht er nicht in der Bratpfanne, Schnitzel brät er nicht im Kochtopf.

Jeder Speise ihr Gefäß.

Jeder Tat ihr entsprechender Tat-Ort.

Besonders wirkungsvoll sind romantische Tat-Orte. Dazu gehören alle möglichen Gewässer: Weiher, Teiche, Seen, Moore.

Hierbei haben Sie die Wahl zwischen zwei Methoden.

Die Mo-Mo-Methode (Mord im Moor) bezieht ihre unheimliche Wirkung aus der Ähnlichkeit zwischen Tat und Tat-Ort: ein düsterer Mord an düsterem Ort.

Die Mo-Wei-Methode (Mord im Weiher) bezieht ihre noch unheimlichere Wirkung aus dem Gegensatz zwischen Tat und Tat-Ort: ein grauser Mord im seerosengeschmückten Weiher.

Auch höhlenartige Räume wie Bergwerke, Zentralheizungsöfen und Neubau-Schlafzimmer sind beliebte Tat-Orte. Ein Kriminalkoch aus Oxford ließ sein Opfer im Kessel einer Bierbrauerei enden. Ich habe ihn allerdings im Verdacht, Abstinenzler zu sein und einem das Bier verleiden zu wollen.

Merke deshalb: Bei höhlenartigen Tat-Orten gibt es Grenzen des Geschmacks! Den Suppenkessel in einer Großküche würde ich deshalb grundsätzlich aus dem Spiel lassen.

Der qualifizierte Koch kocht qualifiziert. Der hochqualifizierte Koch kocht dementsprechend hochqualifiziert. Er hält sich nicht mehr an Regeln. Er arbeitet so individuell, daß er Nudelsuppe im Reagenzglas kocht. Als hochqualifizierter Kriminalkoch wählen Sie also auch einen inadäquaten Tat-

Ort. Lassen Sie dort morden, wo man eine solche Tätigkeit nicht ohne weiteres vermutet.

Beispielsweise in einer Klinik. In die Klinik geht man gewöhnlich, um sich sein Leben verlängern zu lassen. Im Krimi wird es dort gerade verkürzt. Shocking!

Oder ein Mord im Theater. Ins Theater geht man, um sich durch Kunst erheben zu lassen. Im Krimi wird dort die Kunst ausgeübt, einen Menschen niederzumachen. Abermals Shokking!

Erst der inadäquate Tat-Ort macht Sie zum hochqualifizierten individualistischen Kriminalkoch.

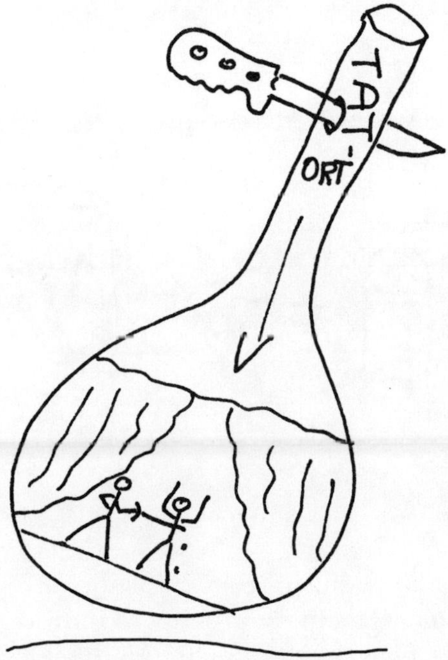

Salz, Chili, Paprika u. a. m.

Ein guter Koch, so habe ich mal gehört, sei sparsam mit den Gewürzen.

Glauben Sie nicht solchen Unsinn! Sie kochen ja schließlich nicht für Feinschmecker. Ihre Kriminalgerichte wollen verschlungen werden, da müssen Sie schon kräftig würzen!

Also sparen Sie nicht mit Pfeffer, bis die Tränen kommen! Salz pfundweise! Und kräftig Paprika. Peperoni, daß einem der Atem stockt. Und Chili, bis sich der Magen umdreht.

Was das Salz in der Suppe, das ist beim Krimi der Titel. So sind wir am Schluß wieder beim Anfang angelangt.

Der Titel ist das wichtigste Gewürz.

Stellen Sie sich zu diesem Zweck eine kleine Gewürzsammlung her, aus Reizworten.

Reizworte sind beispielsweise solche Wörter wie Mord, Schritte, Nacht, Angst, Nebel, Schrei.

Die kombinieren Sie nun beliebig, und Sie bekommen reizende Titel: „Mord im Nebel“, „Der Angstmord“, „In jener Mordnacht“, „Angst im Nebel“, „Nebel der Angst“, „Schreie im Nebel“, „Schritte in der Nebel-Nacht“, „Ein Schritt in den Mord“, „Die Nacht der Ängste“.

Ruft nicht jeder dieser Titel bereits ein Nebel- oder Nachtgefühl hervor?

Sie sollten sich auch über die Rolle magischer Zahlen Rechenschaft geben. Vorrangig sind die Drei, die Sieben, die Dreizehn: „Drei gelbe Narzissen“, „Sieben Tote hat die Woche“, „Parkstraße 13“.

Man kann auch bekannte Titel schöpferisch verändern, zum Beispiel Pirandellos „Fünf Personen suchen einen Autor“ in „Fünf Tote suchen einen Mörder“. Aus Dürrenmatts „Besuch der alten Dame“ machen Sie „Der Fluch der alten Dame“, aus Schillers „Kabale und Liebe“ wird „Kabale der Triebe“, und ein Mord, der sich schließlich nur als Unfall herausstellt, erlaubt den Titel „Kein Mord. Nirgends“.

Schrecken Sie auch vor Fragen nicht zurück. Sie müssen sie ja im Roman nicht unbedingt beantworten: „Warum schweigt Eduard?“ oder „Wer sah Monika?“ Der Leser fühlt sich da ganz persönlich angesprochen und entwickelt den seltsamen Ehrgeiz, Monika gesehen zu haben.

Eine bewährte Methode, die zudem die Forderung nach Volksverbundenheit erfüllt, ist die Abwandlung von Sprichwörtern: „Mord hat Gold im Munde“ oder „Gift geht durch den Magen“, „Leben und sterben lassen“, „Mord macht müde Männer munter" klingt modern und volkstümlich zugleich.

Man kann auch ganz schlicht selbst erkannte Weisheiten zu einem Titel ummünzen wie etwa: „Schau unters Bett, bevor du schläfst" oder „Jeder Träumer muß erwachen".

Verblüffen Sie den Leser durch Tatsachen, die er zwar kennt, über die er sträflicherweise aber noch nie nachgedacht hat, zum Beispiel, was ein Toter alles nicht mehr tun kann. Der Standardtitel hieße etwa „Tote reden nicht". Danach können Sie ein halbes Dutzend Titel erfinden: Tote lachen nicht, weinen nicht, erben nicht, sterben nicht. Letzteres ist natürlich Unsinn, enthält jedoch eine nachdenkenswerte Pointe.

Reichhaltig, wie die ganze Tierwelt nun einmal ist, läßt sich mit ihr bereits im Titel eine tiefe Symbolik ausdrücken: „Ratten", „Die schwarze Katze", „Im Spinnennetz", „Die Leopardenkralle", „Skorpion im Bett", „Stunde der Fledermaus", „Die Rache des Chamäleons", „Vipern", „Aasgeier". Die einschlägigen Werke der Zoologie geben Ihnen weitere Anregungen.

Da wir gerade bei der Symbolik sind – lassen Sie es sich nachdrücklichst gesagt sein: Wie das Gewürz noch dem fadesten Gericht einen pikanten Reiz verleiht, können Sie selbst das geschmackloseste Kriminalgericht durch einen tiefsinnigen Titel aufwerten. Der Leser darf dann vermuten, katastrophale Vorgänge erleben zu können.

Schauen Sie sich zu diesem Behuf in der Natur um. Besonders die unangenehmen Naturerscheinungen verhelfen Ihnen zu vielsagenden Titeln, die stets elementare Spannungen in den zwischenmenschlichen Beziehungen Ihrer Figuren ahnen lassen: „Wetterleuchten am Horizont", „Wirbelsturm", „Eiszeit der Gefühle", „Nachtfrost", „Der Mehltau der Angst", „Lawinen des Hasses", „Luftverschmutzung", „Fäulniserreger am Werk" (oder die Variante „Fäulniserreger im Werk"), „Temperatursturz der Liebe", „Die Wüste in uns",

„Brandung der Gewalt". Die Möglichkeit zur Variation ist unerschöpflich wie die Natur selbst!

Auch die Anatomie liefert Ihnen manchen Titel, mit dessen Hilfe Sie den pathologischen Charakter Ihrer Untäter und ihrer Konflikte bereits vorwegnehmen können: „Herzversagen", „Embolie", „Karzinom", „Adernverödung", „Kreislaufstörung". Erscheinen Ihnen diese symbolträchtigen Titel zu lapidar, können Sie sie etwas auflockern: „Der Mann ohne Rückgrat", „Die Frau mit dem Fettherz", „Das Mädchen und sein Silberblick".

Das zunehmende Interesse unserer Menschen an der Technik sollte auch den Titeln Ihrer Kriminalgerichte zugute kommen. Jeder, der ein Auto sein eigen nennt, weiß, wie schlimm eine Panne (genauer gesagt, eine Ausfallerscheinung) ist, nämlich ein kleiner Weltuntergang. Der Kriminalroman ist ein Roman über moralische Ausfallerscheinungen. Und diese lassen sich am sinnfälligsten durch entsprechende technische Ausfallerscheinungen kennzeichnen. Sie erhalten dann so ausdrucksstarke Titel wie „Fehlzündung der Vernunft", „Kurzschluß", „Filmriß", „Achsenbruch", „Schwelbrand des Vertrauens", „Blockierte Bremsen", „Motorschaden", „Fehlsteuerung der Triebe".

Sie haben verstanden. Das richtige und kräftige Gewürz ist bereits der halbe Kriminalroman. Ich halte mich für einen Meister im Würzen und hoffe, Sie lernen von mir.

Der
Ofen ist
aus

Wir sind am Ende.

Das heißt, ich, Ihr kulinarischer Berater, bin am Ende meiner Unterweisung angelangt. Es gibt kein Kochbuch auf der ganzen Welt, das alle Kochrezepte enthielte. Und kein Mentor wird seine Weisheit bis aufs letzte vor seinen Schülern ausbreiten. Das wäre äußerst töricht und höchst unpädagogisch. Er muß die Lehrlinge vielmehr in die Lage versetzen, das Gelernte selbständig zu verarbeiten.

Wenn Sie also, lieber Leser und künftiger Kriminalkoch, mit dem gebotenen Ernst meine Rezepturen studiert haben, wird es Ihnen auch nicht schwerfallen, sie anzuwenden und schöpferisch weiterzuentwickeln.

Ist Ihnen das gelungen, dann laden Sie ruhig einmal Ihren alten Lehrer in Ihre Küche ein. Ich werde Ihr Kriminalgericht aufmerksam verkosten. Entspricht es meinen Erwartungen, werde ich Sie umgehend zum Diplom-Kriminalkoch ernennen.

Verzeichnis der Gerichte

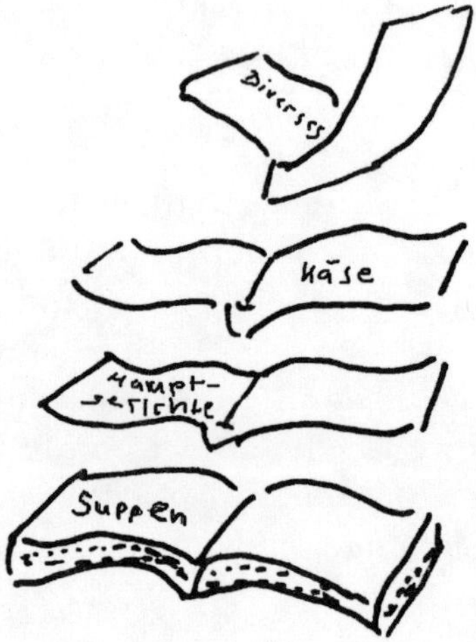

Die Qualifizierung zum Kriminalkoch 90
Wozu der Kriminalkoch vonnöten ist 91

Aperitifs 92

Vorspeisen 94
Toast Barbar 95
Krebs-Cocktail 96

Suppen 98
Tarator 99
Jägersuppe 100
Nudelsuppe 102

Hauptgerichte 104
Huhn gekocht, gegrillt, paniert 105
Hähnchen provenzalisch 106
Weiße Bohnen mit Speck 107
Schnitzel nach Küchenmeister-Art 108
Powideldatschkerln 110
Kasseler Rippenspeer 112
Wildschwein am Spieß 114
Linsen, süßsauer 115
Hammelragout 118
Falscher Hase 119
Thüringer Klöße 121
Ham and eggs 122
Moussaka 124
Geschmortes Herz 126

Beilagen 128
Mixed pickles 129
Röstkartoffeln 131

Nachspeisen 134
Pudding mit Himbeersoße 135
Schwarzwälder Kirschtorte 140
Käse 142

Diverses 144
Tomatensaft mit Eigelb und Pfeffer 145
Pistazien 146
Bratpfanne oder Reagenzglas? 148
Salz, Chili, Paprika u. a. m. 150

Der Ofen ist aus 154

Weitere Bücher von Hans Pfeiffer

Hans Pfeiffer
Die Spiele der Toten
256 Seiten · Festeinband
ISBN **3-86189-073-9**
24,80 DM · 23,00 sFr · 181 öS

Hans Pfeiffer
Die Sprache der Toten
224 Seiten · Festeinband
ISBN **3-86189-047-X**
24,80 DM · 23,00 sFr · 181 öS

Hans Pfeiffer
Die Spuren der Toten
224 Seiten · Festeinband
ISBN **3-86189-065-8**
24,80 DM · 23,00 sFr · 181 öS

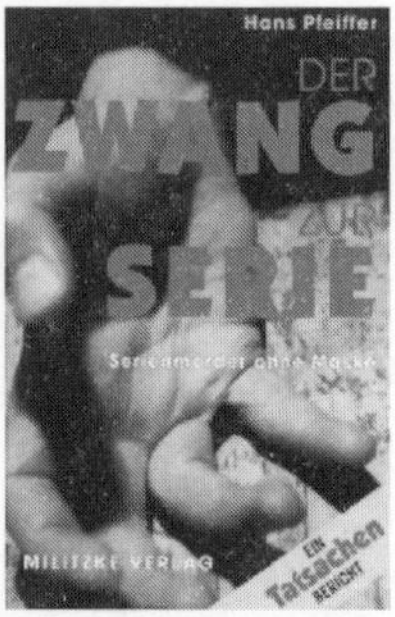

Hans Pfeiffer
Der Zwang zur Serie
Serienmörder ohne Maske
256 Seiten · Festeinband
ISBN **3-86189-087-9**
24,80 DM · 23,00 sFr · 181 öS

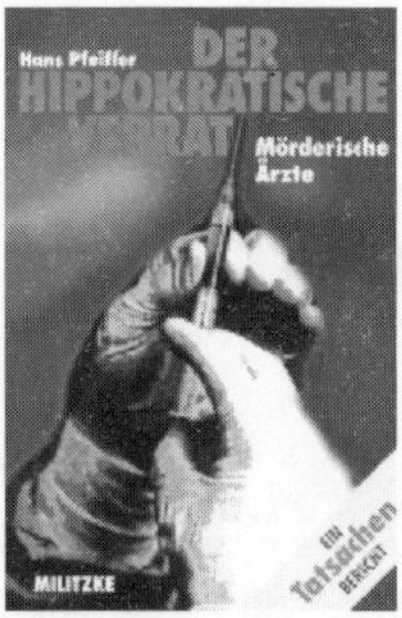

Hans Pfeiffer
Der hippokratische Verrat
Mörderische Ärzte
192 Seiten · Festeinband
ISBN **3-86189-095-X**
24,80 DM · 23,00 sFr · 181 öS

Hans Pfeiffer
Zwei Schritte in den Tod
Anwälte und Verbrechen
192 Seiten · Festeinband
ISBN **3-86189-146-8**
24,80 DM · 23,00 sFr · 181 öS